Mein Name ist: Doof. Doktor Doof!

Christian Alois Kolbenschlag

Mein Name ist: Doof. Doktor Doof!

Geschichte einer Utopie

Erzählung

Verlag: BoD · Books on Demand GmbH,
In de Tarpen 42, 22848 Norderstedt, bod@bod.de
Druck: Libri Plureos GmbH, Friedensallee 273,
22763 Hamburg
ISBN: 978-3-7693-2475-4

Für Gabi.

Sind Sie noch normal? Oder schon verrückt? Oder auf dem Weg dorthin? Haben Sie eine Meinung zu Gesundheit, Krankheit und kranken Gesundheitssystemen? Lieben Sie die Ordnung oder die Unordnung? Oder wissen Sie häufig nicht wo vorne oder hinten, unten oder oben ist? Fühlen Sie sich in Behaglichkeit, Beschaulichkeit und Bürgertum wohl oder eher unwohl? Dann ist dies das richtige Buch für Sie...

Christian Alois Kolbenschlag, geb. 1969, Dr. med., Arzt, Künstler, Gesellschaftskritiker und vor allem Mensch, schreibt über die Tiefgründe und Abgründe des Menschseins und den Sinn allen Seins an sich.

Inhaltsverzeichnis

II

Introduction

So call me (Dr. Love)
They call me Dr. Love (calling Dr. Love)
I am your Doctor of Love (calling Dr. Love), haaaaaaa
They call me (Dr. Love), they call me Dr. Love
(calling Dr. Love)
I' ve got the cure you're thinkin' of (calling Dr. Love)

Kiss – Calling Dr. Love

So call me (Dr. Doof)
They call me Dr. Doof (calling Dr. Doof)
I am your Doctor Doof (calling Dr. Doof), haaaaaaa
They call me (Dr. Doof), they call me Dr. Doof
(calling Dr. Doof)
I' ve got the cure you're thinkin' of (calling Dr. Doof)

Doc Kolbi – Calling Dr. Doof

Doktor Doof

Mein Name ist Doof. Doktor Doof. Ich bin Deutschlands dümmster Doktor. Ich liebe die Alliteration[1]. Deutschlands dümmster Doktor ist eine Alliteration. Eine Alliteration ist eine rhetorische Figur. Ich liebe alle rhetorischen Figuren. Denn sie sagen alles aus und dennoch nichts. So wie ich alle Dinge und damit alle Sätze liebe, die alles und dennoch nichts aussagen. Nun, ich bin Doktor und Hausarzt. Das sagt alles und dennoch nichts. Und da dieses nichts sagt und ich damit nichts zu sagen habe und dies dennoch alles nichts aussagt, bin ich Doktor Doof. Das, was ich da sage, was ich über mich sage, was aber nichts aussagt, versteht wohl keiner. Was nicht weiter schlimm ist, weil ich es ja auch nicht verstehe. Das ist aber nicht das Kriterium, dass ich das nicht verstehe. Denn die meisten Dinge, die meisten Tatsachen und Sachverhalte, die alle anderen verstehen, die diesen von Anfang an und durch und durch bewusst sind, die für alle anderen klar wie Kloßbrühe sind, davon verstehe ich überhaupt nichts und habe ich nicht die geringste Ahnung. Und aus diesem Verständnis heraus, diesem Unverständnis der Welt und deren Zusammenhängen gegenüber bin ich nun mal doof. Da ich Doktor bin, bin ich nun mal Doktor Doof.

Ich sagte, ich sei Hausarzt. Wie kann man das verstehen? Was bedeutet das, Hausarzt zu sein? Was gibt die Sprache hierzu her, was sagt sie darüber aus? Was ist das für ein Sachverhalt, Hausarzt? Ich könnte sagen, ich bin in einem Haus, dort, wo ich als Arzt bin und arbeite, in einem Haus. Daher Hausarzt. Das erscheint logisch und erfüllt die Kriterien des wittgenstein`schen[2] logischen Raumes[3]. Arzt im Haus ist gleich Hausarzt? Versteht das jemand? Nein?

Das ist ja doof. Das verstehe ich, deswegen bin ich ja Doktor Doof. Das nennt man eine gelungene Beweisführung.

Quod erat demonstrandum[4].

Live Evil[1]

Stopp! Tun Sie es nicht! Lesen Sie bitte nicht weiter! Lesen Sie bitte nicht weiter, wenn Ihnen jegliche Form von Sarkasmus abgeht, wenn sie kein Gefühl für Zynismus haben, keinen Sinn für Satire und Boshaftigkeit. Wenn sie nicht schadenfroh sein können. Wenn Sie der Meinung sind, sie lebten in einer guten, einer besseren Welt, vielleicht sogar der besten aller möglichen Welten, sollten Sie ebenfalls das Buch gleich zuschlagen. Wenn Sie eine Vorstellung von Sitte und Moral haben, weil sie denken, dass es so etwas gibt, weil sie moralisch sind, indem sie denken, Moral, das ist, wenn man moralisch ist, wenn sie ein Prediger auf der Kanzel der Sittlichkeit sind und auch wenn sie manchmal den moralischen haben und in manchen moralinsauren Apfel so gerne beißen, dann tun Sie es nicht, lesen Sie nicht weiter! Lesen Sie nicht weiter, wenn Sie ein guter Mensch sind und an das Gute im Menschen Glauben. Wenn Sie daran glauben, ein guter Hirte zu sein. Wenn Sie fromm und tugendhaft sind. Wenn Sie fromm und tugendhaft sind, haben Sie etwas, was Ihnen vom Herrn gegeben wurde. Aber Sie werden den Herrn hier nicht finden. Gewiss nicht, auf gar keinen Fall, denn dies ist eine ganz und gar herrenlose Lektüre. Wenn sie positiv sind, durch und durch positiv denken, ein positives Weltbild vertreten und dem philosophischen Positivismus[2] angehören, dann ist das ebenfalls nichts für Sie. Klappen Sie das Buch zu und beenden Sie die Lektüre.

Wenn Ihnen Behaglichkeit, Beschaulichkeit und Bürgertum behagen, sollten Sie das Buch gar nicht erst geöffnet haben, denn nichts von dem ist hier zu finden. Kaufen Sie sich besser die Bild-Zeitung oder schauen Sie fern, da werden sie viel mehr davon haben. Nichts von alldem, was Sie darstellen und was Sie so gerne hätten, werden Sie hierin finden. Denn die Welt ist böse, böse und gemein. Widerwärtig und hinterhältig. Und durch und durch verlogen. Die Welt ist arm, der Mensch ist schlecht wird in der Drei-Groschen-Oper[3] gesungen. Der Mensch ist ein Teil von jener Kraft, die stets das Böse will und nie das Gute schafft[4]. Und damit noch nicht genug. Das Böse ist immer und überall, wie es im Lied Banküberfall[5] der Ersten Allgemeinen Verunsicherung heißt. Die Welt ist böse. Punkt. Ist evil, Live Evil! Also, wenn Sie die genannten positiven Eigenschaften und Vorstellungen besitzen, wenn dies Ihr Lebensinhalt sein sollte, wenn Sie lieb und brav sind, weil Sie denken, dass das so ist, dass man lieb und brav ist, dann hören Sie auf. Klappen Sie das Buch wieder zu und stellen Sie es ins Regal zurück, auf dass es verstaube. Oder, noch besser, geben Sie es dem Buchhändler wieder und verlangen Sie ihr Geld zurück, da haben Sie wenigstens noch etwas davon. Aber bitte, bitte lesen Sie dieses Buch nicht. Sie haben darin nichts verloren!

Schwadroneure

Ich denke mal wieder nach über Sinn und -haftigkeit meines Seins. Mein Dasein als Mensch und Arzt. Ein sinnloses Unterfangen. Denn zwanghaft an irgendeinem Sinn zu haften, den es nicht gibt, ist in der Tat sinnlos. Die Welt, in der wir leben, zerfällt in Tatsachen. Und nicht nur das, diese zerfallen wiederum in Untertatsachen, diese wiederum und so weiter. Wäre ich Doktor Schlau, hätte ich vielleicht ein Mittel dagegen, aber in meiner bescheidenen Welt des Doktor Doof ist gegen diesen stumpfsinnigen Zerfall in der kürzesten Halbwertszeit wirklich kein Kraut gewachsen. Ich kann also nichts tun. Ich habe mich schon einmal auf den Kopf gestellt und mit den Ohren gewackelt, geholfen hat es aber nicht. Ich habe mir auch schon einmal ein Buch mit Zaubersprüchen gekauft, aber auch diese haben nicht geholfen, den Zerfall der Welt in den Unsinn des Alltags zu verhindern. Man sieht, ich, der große Zauberer in Weiß, bin machtlos. Ich bin machtlos, obwohl alle, die zu mir kommen, denken, ich könnte zaubern und hätte auf alles eine Antwort und für alles eine Lösung. Aber ich, ich habe und kann das nicht. Ich denke immer, alle anderen könnten und wüssten das und nur ich nicht. Aber je länger ich lebe und in diesem Dasein als missratener Zauberer verharre, scheine ich zu erkennen, dass ich nur immer wieder vom Fassadenglanz der Welt geblendet wurde. Und immer noch werde. Auf diese Scheiße falle ich, gutgläubig wie ich bin, leider immer wieder rein. Die Welt macht mich glauben, so zu sein, wie sie sich darstellt, allerdings ist sie, bei genauerem Hinsehen, ganz anders, als sie sich darzustellen scheint. Bedauerlicherweise schaue ich immer wieder hinter die Fassaden dieser auf Glanz polierten Selbst- und Fremddarstellungen und erkenne: Da ist nichts! Des Kaisers neue Kleider[1], sonst ist da wirklich nichts. Aber vielleicht ist da wirklich nichts und ich kann es einfach nur erkennen, weil ich so sehr Kind geblieben und nicht erwachsen geworden bin. Als Erwachsener sieht man die Dinge anders. Man sieht Probleme, wo keine sind, man macht sich Probleme, die im Grunde gar nicht vorkommen. Das nennt sich dann Erwachsenenwelt. Und in dieser Welt der Erwachsenen lebe ich und muss ich arbeiten. Ich verstehe nur nichts davon, bin sozusagen in meiner Entwicklung, zu verstehen, irgendwann stecken geblieben. Als Arzt bin ich somit ein in seiner Entwicklung zum reifen Erwachsenen stecken gebliebener Arzt. Ich bin somit ein kindlicher Arzt, ein Kinder-Arzt. Nur damit komme ich in der Welt der Erwachsenen nicht so wirklich zurecht. Deren Probleme, Probleme zu machen, wo keine sind, sind mir wesensfremd. Schade, denn in meiner Kindlichkeit als Arzt könnte ich die Probleme der Erwachsenen häufig viel effizienter lösen, da sie für mich als Kinder-Arzt keine sind. Nur man lässt mich leider nicht! Man zwingt mich in Denkschubladen, sperrig und unbequem, die in Einheitsgrößen ausgearbeitet sind und für die in meinem Kopf kein Platz ist. Also habe ich große Schwierigkeiten, meine Schubladen ordentlich zu halten. Die Menschheit, schön in Schubladen in Einheitsgrößen gesteckt, so ist's Recht! Ein Hoch auf Staat und Gesellschaft, für die das ein sozialer Fortschritt ist. Aber diese Schubladen sind sperrig, nur mit Mühe lassen sie sich öffnen und schließen und häufig braucht man Gewalt dazu. Fällt Mensch einmal aus Schublade heraus, ist es beinahe unmöglich, wieder hineinzugelangen. Das haben Staat und Gesellschaft gut konstruiert. Nur was tun mit den Herausgefallen? Denkschubladen geeichte Erwachsene können da nicht weiterhelfen. Fingerspitzengefühl könnte weiterhelfen, nur hat man sich diese Fingerspitzen bei der Bildung von Schubladen und Umbildung und somit Unbildung vom Denken so sehr verletzt, dass sie nicht mehr zu gebrauchen sind. Somit sind Staat und Gesellschaft zur Untätigkeit verdammt.

Verdammt und zugenäht!

Nein, nicht zugenäht, das Mundwerk nicht zugenäht. Deshalb wird, mit verbundenen Fingern, weiter über die Konstruktion neuer Denk- und Verhaltensschubladen schwadroniert[2]. Und es kommen täglich neue Schwadroneure hinzu, da sie aufgrund ihrer verletzten Finger ja nicht arbeiten können und deswegen denken, schwadronieren zu müssen.

Ich schlage das Buch jetzt aber wieder zu. Es ist nicht gut, wenn Doktor Doof nachdenkt. Wirklich nicht. Das führt zu nichts!

Die Mär vom Rezept auf der Karte

Ich habe jetzt mal wieder Urlaub und endlich Zeit, über Dinge nachzudenken, die ich überhaupt nicht verstehe. Und ich denke darüber nach, warum ich mich als Arzt bislang geweigert habe, am sogenannten E-Rezept-Modell teilzunehmen.

Die Antwort 1 für mich lautet: Es macht mir deutlich mehr Arbeit!

Die Antwort 2 für mich lautet: Weil ich es einfach nicht verstehe! Ich verstehe weder, ob es funktioniert, noch wie es funktioniert! Auf deutsch: Ich verstehe nur Bahnhof... Aber ich bin ein sehr dummer Bahnhofvorsteher als Arzt. In Zeiten, in denen ich wenig Zeit hatte, nachzudenken, wie die Dinge funktionieren, die nicht funktionieren können, habe ich mich immer wieder gefragt, wie das Rezept denn auf die Karte kommt; denn die Karte ist ja gar nicht ins System gesteckt, wenn ich das Rezept ausstelle und schon gar nicht, wenn ich es letzten Endes mit meiner, mit meiner Arztkarte über das System vermittelten, Kennung als Arzt freigebe. Nun, in Zeiten, in denen ich wenig Zeit hatte, nachzudenken, kamen mir die seltsamsten Ideen, wie das funktionieren könnte. Instantan![1] Das funktioniert instantan, dachte ich mir. In der modernen Physik bezeichnet man zwei Ereignisse als instantan, wenn sie im Universum an zwei unterschiedlichen Plätzen gleichzeitig stattfinden können, ohne voneinander zu wissen. Die Instantan-Wirkung scheint aber durch die Allgemeine Relativitätstheorie[2] wissenschaftlich widerlegt zu sein. Wie können also Gesundheitsdaten von Millionen von Menschen instantan auf Millionen von Gesundheitskarten gelangen? Das schien mir sehr fragwürdig. Aber, wie gesagt, ich hatte ja wenig Zeit, darüber nachzudenken...

Nun habe ich Urlaub; und ich habe Zeit, über die Dinge nachzudenken. Und ich denke über die Dinge nach und auch darüber, wie die Gesundheitsdaten von Millionen von Versicherten instantan auf Millionen von Gesundheitskarten kommen. Und meine Antwort lautet: Gar nicht! Die Gesundheitsdaten kommen gar nicht auf die Karte.

Sie gelangen in den Orbit. Die von mir als Arzt ausgestellten und letzten Endes mit meiner, mit meiner Arztkarte über mein Zugangssystem vermittelten, Kennung ausgestellten Daten kommen gar nicht auf die Karte, da die Karte zu diesem Zeitpunkt ja gar nicht in mein System gesteckt ist, nein, sie kommen in den Orbit, in eine spezielle oder nicht spezielle Datenbank des WWW[3], welche genau, weiß ich nicht und wahrscheinlich weiß das auch gar keiner. Wie dem auch sei, geht der Patient dann mit seiner Gesundheitskarte in die Apotheke, zieht der Apotheker die Daten dann nicht von der Karte herunter, sondern mit den auf der Karte hinterlegten Patientendaten aus der speziellen oder nicht speziellen Datenbank des WWW heraus. Was mit den Daten, diesen auf der speziellen oder nicht speziellen Datenbahn des WWW mit Lichtgeschwindigkeit reisenden Patientendaten dann noch passiert, weiß natürlich keiner und keiner bin ich. Und ob das wirklich so funktioniert, wie ich mir das gerade überlegt und darüber nachgedacht habe, weiß auch wiederum keiner und keiner bin auch hier wieder ich. Und obwohl keiner was Genaues weiß, so ist das von keinem, der ich auch bin, gedachte dennoch möglich.

Also:

Mir als keinem ist es ja ziemlich wurscht, was da über mich über das WWW so kreucht und fleucht, bestimmt kursieren die unglaublichsten und abstrusesten Stories über mich. Aber es gibt bestimmt noch jemanden auf der Welt, den das, worüber ich nachgedacht habe, interessiert...

3-B-Krankheiten

...Ich weiß, ich nerve...

Aber es gibt einfach zu vieles, worüber ich nachdenken muss.
Und ich hole mal wieder sehr weit aus, ich weiß, aber zum weiteren Verständnis ist das wichtig.
Als Mensch und Arzt habe ich mich mein Leben lang gefragt, wie und wodurch und warum Krankheiten entstehen. Sehr viele gute und nachvollziehbare Antworten bieten Wissenschaft und Schulmedizin allerdings nicht...

Auf philosophischer Ebene bietet z.B. die Traditionelle Chinesische Medizin (TCM) deutlich sinnvollere Antworten. So gibt es hier z.B. den Begriff der Lebensenergie (QI), oder die Konzepte der 6 klimatischen Exzesse (Liu Qin) und der 7 Emotionen (Qi Qing). Wer sich einmal tiefer damit beschäftigt hat, erkennt, wieviel Lebensweisheit und gesunder Menschenverstand sich dahinter verbirgt. Etwas, das sich in unserer Gegenwart mehr und mehr verabschiedet hat...

Und jetzt den Bogen zurück…

Auch die 3-B (Bürokratie, Borniertheit, Berufsschwachmatentum) sind krankmachende Agenzien. Wie sie entstehen, ist noch nicht vollständig geklärt; aber welche Krankheiten aus ihnen folgen, das weiß man mittlerweile. Diese sind im Folgenden aufgelistet.

Erkrankungen, die durch die 3-B ausgelöst werden:

A Angst

B Borniertheit

C Chaos

D Diarrhoe (Durchfall)

E Einfältigkeit

F Flatulenz (Übersetzung nicht gesellschaftsfähig)

G Gier

H Hass

I Idiotentum

J Jasageritits

K Katastrophismus

L Lethargie

M Mimosenhaftigkeit

N Narzissmus

O Ohnmacht

P Profitgier

Q Quatsch

R Ratlosigkeit

S Stumpfsinn

T Tollwut

U Unvernunft

V Verweichlichung

W Wahnsinn

X nicht besetzt

Y „Yeah, Yeah, Yeah!"

Z Zettelausfülleritis

Ausgebrannte Ärzte

Facebook - Find ich gut! Facebook kann jeder und darf jeder. Und man kann fast alles über Facebook, denn die Gürtellinie hängt ziemlich tief. Und da jeder fast alles über Facebook kann und darf, nutze auch ich diesen Kanal, um zu können, weil ich darf.

Und ich spreche über ausgebrannte Ärzte.

Das interessiert kaum einen und schon gar nicht den Staat. Und immer, wenn ich solche Sachen denke, frage ich mich, ob ich der Einzige bin, der so denkt. Und eine Frage bedarf der Antwort. Also befrage ich in solchen Situationen das größte lebende Lexikon und das größte Orakel: Das WWW!

Ich gebe den Begriff Ausgebrannte Ärzte bei Dr. Google ein und erhalte:

- 313.000 Ergebnisse in 0,24 Sekunden!

Das erscheint mir sehr viel! Und wenn ich das richtig interpretiere, scheine ich in meinem Ausgebranntsein als Arzt nicht allein dazustehen! Und wenn man sich die Ergebnisse einmal genauer anschaut, erkennt man, dass es kaum ein Medium gibt, das sich dieser Tatsache noch nicht angenommen hat. Sie scheint also bekannt zu sein, diese Tatsache. Nur der Staat schaut sehenden Auges an dieser Tatsache vorbei und ignoriert sie. Er schaut nicht nur daran vorbei, nein, er unterstützt dieses Ausbrennen noch aktiv, indem er noch eins draufgibt und noch eins und so weiter…

Er tritt sozusagen die letzte Glut am ausgebrannten Scheiterhaufen Arzt einfach munter aus. Es gibt, zumindest im Hausarztbereich, immer weniger Ärzte und diese müssen deshalb immer mehr Patienten, die zudem immer älter werden und deshalb immer länger und immer intensiver behandelt werden müssen, behandeln. Und nicht nur das, der Staat überfrachtet die Ärzte mit immer noch mehr Aufgaben, die mit Medizin nicht das Geringste zu tun haben. Und da es, nach scheinbarer Ansicht des Staates, nicht genug davon gibt, erfindet er einfach immer noch mehr berufsfremde Aufgaben, die er den Aufgaben des Arztes beifügt. Einfach so, ohne Diskussion…

Ich habe mich lange gefragt, warum der Staat, dessen kranke und auch durch ihn kranke Bürger die Ärzte versorgen, das Ausbrennen dieser Ärzte in Kauf nimmt. Wirklich, ich habe mich das lange gefragt. Heute früh ist mir plötzlich die Erkenntnis gekommen, warum:

Der Staat macht das bewusst!

Er macht gewissermaßen eine natürliche Selektion! Die Ärzte, die mit viel Engagement und Elan arbeiten und aus Gewissenhaftigkeit auch diese abstrusen Vorgaben des Staates zur Zufriedenheit des Staates erfüllen wollen, lässt der Staat einfach ausbrennen. Denn da sie ausbrennen, taugen sie nichts. Man selektioniert einfach die Taugenichtse aus, denn nach der scheinbaren Meinung des Staates haben wir mehr als genug Ärzte und die arbeiten auch nicht genug. Das habe ich in der Tat gelesen, dass das eine Patientenvertreterin gesagt hat. Nun denn, fallen die ausgebrannten Ärzte dann aus dem System heraus, arbeiten die verbliebenen Ärzte als Maschinski[1]-Ärzte wie Maschinen die Maschinski-Bürger des Landes wie Maschinen ab und Bürger und Staat freuen sich, denn wir wollen ja alle so gerne Maschinen sein. Ich kann nur auf die Künstliche Intelligenz hoffen, denn dann brauchen wir keine Ärzte mehr, die wie Maschinen arbeiten, nein, dann arbeiten die Maschinen wie Ärzte. Eine goldene, eine glorreiche Zukunft im Sinne des Staates und des Fortschritts, auf den wir alle mit all unserer Kraft hinarbeiten.

Und ich, Doktor Doof, mache weiter als ausgebrannte Funktionsmaschine, bis ich ausgedient habe. Wie die, von denen 313.000 Ergebnisse in 0,24 Sekunden bei Dr. Google sprechen... Und auch wenn das darüber sprechen keine Lösung bietet, nicht darüber zu sprechen ist auch keine Lösung.

Das Wesen von Krankheit

Warum schreibe ich über mich? Über mich und die Menschen? Über mich und die Menschen und ihre Krankheiten? Warum schreibe ich nicht nur über die Krankheiten der Menschen oder der Menschheit?

Ganz einfach: Viele haben dies vor mir getan und sie tun es immer noch. Ich muss gestehen: Die können das in der Tat auch viel besser als ich. Viel besser! Ich bin zwar Arzt, aber ich bin auch Doktor Doof. Daher verstehe ich von den Krankheiten, von den eigentlichen Krankheiten, die immer und überall besprochen und diskutiert werden, die mittlerweile auch alle überall und jederzeit gepostet werden, über die gesprochen und auch die erklärt werden, sei es in wissenschaftlichen Journalen, aber auch in der Laienpresse, überhaupt nichts!

Wirklich, ich verstehe nichts davon, verstehe nichts von den eigentlichen Krankheiten. Ganz ehrlich, die interessieren mich auch nicht so sehr. Denn hat man, hat die Ärzteschaft dieser Welt die eigentlichen Krankheiten diagnostiziert und behandelt, bleiben die uneigentlichen Krankheiten zurück. Und diese lasten wahrhaft schwerer. Die eigentlichen Krankheiten sind nur die Spitze des Eisbergs, nur das, was man an und über der Oberfläche sieht. Uneigentliche Krankheiten bilden die viel, viel größere Basis. Aber sie schlummern unter der Oberfläche und werden daher nicht erkannt. Es gibt allerdings eine unlösbare Beziehung zwischen den eigentlichen und uneigentlichen Krankheiten, sie kommen nicht ohneeinander aus, die eine ist quasi eine Conditio sine qua non[1] der anderen. Zum Ersten verursachen die uneigentlichen häufig die eigentlichen Erkrankungen, sei's in Auftreten, Dauer, als auch in Intensität. Zum Zweiten werden die eigentlichen häufig gerne in den Vordergrund geschoben, obwohl die uneigentlichen im Grunde behandelt werden müssten. Die eigentlichen haben auf beiden Seiten, sei es beim Arzt, sei's beim Patienten, das bessere Ansehen. Jeder, der eine Krankheit haben möchte, möchte im Grunde eine eigentliche, das zum Dritten. Und ich kann zum einen noch viele Gründe aufführen für die Bevorzugung der eigentlichen Gesundheitsschräglagen, zum anderen kann ich aber auch mit vielen Gründen umgekehrt die Entstehung der uneigentlichen aus den eigentlichen Krankheiten beleuchten. Echt, das eine ist eine Conditio sine qua non des anderen. Das ist wie Yin und Yang[2]. Es gibt Menschen, die bekommen eigentliche Erkrankungen, weil sie uneigentliche haben, aber es gibt auch die umgekehrten Fälle, die zu uneigentlich Kranken werden, da Ihnen eigentliche Gesundheitsprobleme zu Grunde liegen. Krankheit, ob eigentlich oder uneigentlich, scheint den Menschen stark zu beeinflussen. Aber die eigentlichen haben einfach den besseren Ruf. Deswegen hat die Welt ihr

Augenmerk auf die eigentlichen, ausschließlich auf die eigentlichen Erkrankungen gelegt. Alle medizinischen Datenbanken und Publikationen handeln in erster, ja in allererster Linie, von den eigentlichen Krankheiten. Für die uneigentlichen ist da wirklich kein Platz dazwischen. Das ist wie mit Gott und dem Teufel. Man will immer nur das eine und das andere dringend vermeiden. Der Wunsch nach eigentlichen Krankheiten ist riesengroß, als Behandler muss ich das einfach konstatieren. Die ganze Medizin, die ganze Wissenschaft hat sich in den letzten 150-200 Jahren der Erforschung und Lösung der eigentlichen Krankheiten verschrieben. Medizin, Medien und Medienpolitik machen mittels Multitasking die Menschheit auf die eigentlichen Krankheiten pausenlos aufmerksam. Und generieren dadurch Aufmerksamkeit und gewinnen das große MPG – Los damit (Macht – Prestige – Geld). Man sieht, die eigentlichen Krankheiten sind ein lohnendes Business! Aus diesem Grund, dass die eigentlichen so sehr in den Vordergrund gerückt werden, haben sie eine solche Macht über die Menschen.

Aber: All das nützt nichts!

Ich habe mein ganzes Medizinerleben versucht, mich den eigentlichen Krankheiten zu widmen. Mit all meiner Macht.

Aber: Es hat nichts genutzt.

Trotz allem, trotzdem ich mich und die ganze Medizin sich der Lösung der eigentlichen Krankheiten gewidmet haben, es nützt nichts. Sie sind immer noch da, sie kommen entweder immer wieder zurück oder sie gehen nie ganz weg. Sie haften wie die Kletten. Trotzdem versucht man sie, medizinisch und wissenschaftlich, wissenschaftlich und gesellschaftlich und gesellschaftlich und medizinisch mit aller Macht abzustreifen. Mit aller Macht geht man gegen die eigentlichen Krankheiten vor.

Warum nur gegen die eigentlichen? Was ist mit den uneigentlichen? Endlich kommt die Frage auf! Diese ist ganz einfach zu beantworten. Gegenüber den uneigentlichen ist man machtlos und ohnmächtig!

Die eigentlichen sind, wie gesagt, die Spitze des Eisbergs, die uneigentlichen der tiefe Abgrund, die eigentlichen sind die Fassade und die uneigentlichen das, was man hinter der Tür nicht sieht. Die Ersteren sind das, was man gerne hätte und gerne sehen will, die Letzteren das, was man nicht sehen will und was man nicht haben mag. Die eigentlichen Krankheiten sind objektivierbar und statistisch zu erfassen, die anderen sind unfassbar subjektiv. Die Ersteren werden in allen Details mit detaillierten Lösungsmöglichkeiten in Fachblättern und gelben Blättern dargestellt, die uneigentlichen Kranken mit ihren uneigentlichen Erkrankungen stellen sich mir ganz allein da, wenn sie ganz allein vor mir sitzen. Da hilft dann nichts, auch keine Statistik, denn für das Uneigentliche gibt es keine.

Dennoch haben die uneigentlichen Krankheiten das sehr viel größere Gewicht. Ich kann das sagen, ich muss das sogar sagen, da ich mir an den eigentlichen Erkrankungen, trotz der ganzen Macht, die dahintersteckt, die Zähne ausgebissen habe in den letzten Jahrzehnten. Trotz abertausender, immer wieder neu aufkommender und neu aufflammender Lösungsmöglichkeiten blieb mir die Lösung der Probleme der eigentlichen Krankheiten versagt. Ich wage zu behaupten, dass ich, obwohl ich Arzt bin, die eigentlichen Krankheiten nicht lösen kann. In den allerseltensten Fällen kann ich das vielleicht.

Warum ist das so?

Weil ich bei der Lösung der eigentlichen Krankheitsfälle die uneigentlichen Gründe nicht in den Griff bekomme! Und, so habe ich zumindest den Eindruck, Welt scheint das Uneigentliche, das doch so tief gründet und so schwer wiegt, gar nicht zu interessieren. Das ist mein Eindruck. Es ist zwar nur ein Eindruck, aber immerhin ist es einer.

Dennoch, weil mir die Beschäftigung mit der eigentlich kranken Welt so wenig Erkenntnis gebracht hat, habe ich mich mehr und mehr der Arbeit an den uneigentlichen Problemen der Welt hingegeben. Philosophisch, und man muss sich dem Problem philosophisch widmen, ist das Ganze recht einfach. Schneidet man mit Ockhams Rasiermesser[3] das eigentlich Kranke ab, bleibt das uneigentlich Kranke zurück und steht nun nackt und sichtbar da. Trotzdem sind die uneigentlichen Probleme der Menschen medizinisch nicht lösbar. Sie sind nur philosophisch lösbar. Und da die Philosophie nur Lösungswege, aber keine Lösungsmöglichkeiten darstellen kann, da sie nur über Lösungen nachdenkt, sie aber nicht in die Tat umsetzen kann, sind die uneigentlichen Krankheiten mit ihren uneigentlichen Problemen unlösbar. Und da eigentliche und uneigentliche Krankheiten und deren Probleme unlösbar miteinander verbunden sind, ist sowohl das Eigentliche als auch das Uneigentliche, wenn es denn Krankheit oder Problem sein sollte, unlösbar. Das ist der Fall und somit die Welt.

Rollende Augen

Noch mal. Ich muss es noch einmal betonen. Wer dazu neigt, sich gerne auf den Schlips getreten zu fühlen, wer eine Neigung hierzu verspürt und eine Abneigung dagegen entwickelt hat, sich auf den Schlips getreten zu fühlen, der lese bitte nicht weiter. Buch zuschlagen, bitte! Denn ich tue nichts anderes, als ständig auf alle Schlipse zu treten, die mir vorgelegt werden, weil ich alle Steilvorlagen, die man mir gibt, gerne aufnehme, ich sprinte ihnen sozusagen wie der Stürmer dem Ball hinterher, um damit zu treffen, ins Schwarze zu treffen. Sorry, aber die Steilvorlagen, die mir geboten werden, sind einfach zu gut, um sie nicht instinktiv aufzunehmen und kreativ zu verarbeiten. Welt und Gesellschaft können es einfach nicht lassen, als Vorlagengeber zu fungieren.

Meine Versuche, ins Schwarze zu treffen, entstehen in der Regel aus den Vorlagen, die mir Staat und Gesellschaft geben. Und meine Spielwiese ist häufig das Gesundheitswesen, ist Gesundheit und Krankheit und alles, was damit zusammenhängen mag. In diesem Spiel scheine (scheine) ich mich auszukennen, bin ich doch seit Jahrzehnten einer der vielen Hauptakteure in diesem Spiel. Deswegen scheine ich darüber auch so einiges zu wissen, fast so viel, wie ich über mich weiß. Und das führt leider in mir zu einem intrapersonalen Konflikt. Denn über mich weiß ich zwar jede Menge, aber dennoch kaum etwas. Und mit oder auf meiner Spielwiese, auf der sich Gesundheit und Krankheit abspielen, geht es mir genauso. Aber da ich als Arzt, der ich als Doktor Doof nun mal leider bin, ständig Kranke behandeln und somit auch über Gesundheit und Krankheit sprechen muss, schreibe ich auch über Krankheit. Nicht über das, was ich weiß, denn das ist in der Tat nicht allzu viel, nein, über das, was mir dazu einfällt und dabei auffällt. Das interessiert mich wirklich sehr! Über Krankheit zu schreiben, bedeutet zwangsläufig auch, über Krankheiten zu schreiben. Und davon gibt es viele. Unzählige! Jeder Mensch hat mindestens eine, aber jeder Mensch hat auch eine ihm eigene Krankheit, die kein anderer hat. Trotzdem fallen immer wieder bestimmte Krankheitsmuster auf. Und das, was mir auffällt, darüber schreibe ich. Das ist häufig sehr unkonventionell, was mir auffällt, worüber ich schreibe, weil es im Grunde keine eigentlichen Krankheiten sind, sondern eigentlich die Menschen und den Menschen selbst betrifft. Es sind somit uneigentliche Erkrankungen, die eigentlich den Menschen betreffen, die mir auffallen.

Eine uneigentliche Krankheit, die eigentlich den Menschen betrifft, ist keine Krankheit der Kranken, sondern der Behandler und deren Gehilfen. Es ist das Syndrom der rollenden Augen. Das Syndrom der rollenden Augen ist nicht nur ein häufig vorkommendes Phänomen in Behandlerkreisen, es ist ein ubiquitäres[1] Phänomen. Und es wird durch eigentlich und uneigentlich Kranke ausgelöst. Es ist sogar statistisch signifikant. Denn wird es durch einen Kranken bei einem Behandler und dessen Gehilfen ausgelöst, ist die Wahrscheinlichkeit groß, dass es bei einem anderen Behandler und dessen Gehilfen auch ausgelöst wird. Und die Wahrscheinlichkeit ist sogar auch groß, dass dieses Syndrom bei allen Behandlern und deren Gehhilfen durch eben diesen eigentlich oder uneigentlich oder eigentlich und uneigentlich Kranken hervorgerufen wird. Rollt der Eine beim Anblick oder beim Auftreten eines Kranken die Augen, rollen mit an Sicherheit grenzender Wahrscheinlichkeit alle, die mit dem Behandler im selben Boot des Behandlungspfades sitzen, die Augen. Das ist in der Tat so und kommt tagtäglich und allüberall immer wieder vor. Diese Krankheit der rollenden Augen bei allen im Behandlungswesen Beschäftigten, die durch eigentlich uneigentlich Kranke hervorgerufen wird, ist eine sehr alte Krankheit. Es ist eine Actio-Reactio[2] Krankheit. Der eine, der Kranke, löst bei dem anderen, dem Behandler, die Symptome dessen Krankheit, die rollenden Augen, aus. Dieses Krankheitsgeschehen ist, wie gesagt, schon sehr alt. Dessen Ursache wurde schon im neuen Testament beschrieben, sogar an mehreren Stellen wird davon berichtet.

Was siehst Du aber den Splitter in Deines Bruders Auge und nimmst nicht wahr den Balken in Deinem Auge?[3]

Man kann es aber drehen und wenden, wie man will, sieht man als Behandlungsbeschäftigter einmal den Balken beim Anblick oder beim Auftreten des eigentlich uneigentlich Kranken, sieht man dessen Balken, rollt man als Behandler automatisch die Augen. Man kann sich im Grunde gar nicht vor diesem Augenrollen schützen, es ist ein pawlow`scher Reflex, eine klassische Konditionierung[4]. Und da man als Beschäftigter im Behandlungswesen nun mal Mensch ist, kann man gegen diesen Splitter im eigenen Auge auch nichts tun. Es gibt keine Medizin dagegen und keine Behandlungsmaßnahmen. Man kann sie nur akzeptieren und lernen, damit umzugehen.

Dummes Zeug

Warum schreibe ich so komisches, so unverdauliches Zeug? Über das Wesen von Krankheit, die Wesenheiten der Kranken und meine Wesenszüge, darauf zu reagieren und mich damit auseinanderzusetzen?
Zeug? Dummes Zeug?
Nun, könnte ich wie Heidegger[1], den ich nicht verstehe, weil er in meinen Augen nur dummes Zeug von sich gibt, denken und schreiben, könnte ich über ganz anderes Zeug, intellektuelles Zeug, was mir als Doktor Doof leider zu hoch hängt, was man intellektuell zerstückeln und in seine Bestandteile zerlegen kann, schreiben. Intellektuelles dummes Zeug also. Aber Begriffe, wie innerweltlich Seiendes[2] und Seinsvergessenheit[3] sind auch Werkzeuge, die in meinem Denken und in meinem Sein vorkommen. Denn die Innenwelt des Seins, sowohl meines Seins als auch des Seins der Welt, sind Dinge, die mich interessieren und

über die ich nachdenke. Und sie kommen vor, diese innerweltlichen Dinge des innerweltlichen Seins, tagtäglich. Und ich denke darüber nach, weil sie mir auffallen. Und ich denke manchmal so sehr darüber nach, dass ich mich selbst vergesse, mein Sein vergesse und falle somit in meine eigene Seinsvergessenheit. Was bleibt ist Leere, große Leere in meinem Kopf. Aber diese war auch vorher schon da, noch bevor ich um Heidegger und die Seinsvergessenheit wusste. Das ist vielleicht auch besser so, denn wenn man aus lauter Seinsvergessenheit im heidegger`schen Sinne totalitäre Systeme und somit Bürokratie, Borniertheit und Berufsschwachmatentum unterstützt, bleibe ich doch lieber in meiner eigenen Seinsvergessenheit und meiner Leere im Kopf.

Als Arzt sollte ich vielleicht eher über die Windungen des Darms schreiben. Medizinisch scheint das eigentlich, im Sinne der eigentlichen Erkrankungen, sinnvoller zu sein und könnte in einem hochrangigen medizinischen Paper publiziert werden. Aber das haben schon so viele, die das viel besser als ich können, vor mir getan und somit scheint darüber auch alles gesagt zu sein. Zudem scheint es mir selbst schwierig zu sein, über die Windungen des Darms zu schreiben. Zwar habe ich in meiner Medizinerlaufbahn selbst einige Darmspiegelungen durchgeführt, aber persönlich war ich noch nie in einem Darm gewesen und habe mich noch nicht vor Ort umsehen und schauen können, was in so einem Darm vorgeht. Das liegt wohl auch daran, dass mir das Arschkriechen nicht so wirklich liegt. Somit habe ich, obwohl ich Arzt bin, auch keine rechte Kompetenz, über die Windungen eines Darms schreiben und nachdenken zu können. Also weiß ich nichts über die Windungen und den Darm an sich. Ich weiß nur, dass mein Darm, da ich unter einem so genannten Reizdarm-Syndrom leide, häufig rebelliert. Und ich kann nichts dagegen tun. Vielleicht kann ich aufs Klo gehen, mehr aber nicht. Aber auch die, die schon vor mir und so viel über die Windungen des Darms geschrieben haben, können mir da nicht weiterhelfen. Und da kommt mal wieder Wittgenstein ins Spiel: ... und wenn alle Probleme der Wissenschaft gelöst sind, sind unsere eigentlichen Lebensprobleme noch nicht einmal berührt.

Also verharre ich weiter in meiner Seinsvergessenheit und schreibe dummes Zeug.

Nosologie[1] I

Der Morbus. Morbus ist das lateinische Wort für Krankheit. In der Sprache der Medizin gibt Morbus in Verbindung mit dem Namen des Erstbeschreibers einer Erkrankung einen Namen, wobei verschiedene Namen für die gleiche Erkrankung üblich sind.

Soweit die Definition...

Ich bin zwar der Erstbeschreiber mehrerer Morbi, halte mich aber mit meinem Namen hierzu diskret zurück. Zum einen interessiert es kein Schwein, wenn ich als Doktor Doof irgendwelche Krankheiten beschreibe, zum anderen sind das auch keine eigentlichen, sondern uneigentlichen Erkrankungen, die ich beschreibe und somit sind sie wahrscheinlich wissenschaftlich auch nicht interessant. Trotzdem beschreibe ich diese Krankheiten zum ersten Mal, denn sie wurden bislang nicht erkannt und sind somit verkannt. Es sind sozusagen meine Morbid Tales[2]. Obwohl sie so offensichtlich sind und so häufig vorkommen, man muss nur genau hinschauen. Ich sehe sie tagaus, tagein. Ich kann sie gar nicht übersehen, ich könnte es nur dann, wenn ich die Augen bewusst davor verschließen würde. Aber mein

30

Augenlicht ist mir heilig, deswegen halte ich meine Augen offen und sehe die Dinge, vor denen Welt so gerne die Augen verschließt. Und sie sind so einfach, so einfach zu erkennen und zu diagnostizieren, hat man sie erst einmal erkannt. Das Dilemma nur ist: Sie sind nicht behandelbar! Es gibt keine Medizin dagegen und Behandler und Behandelte wollen sie auch gar nicht haben, zum einen, weil sie nicht darum wissen, zum anderen auch dann nicht, wenn sie darum wüssten. Sie sind einfach den diagnostischen und therapeutischen Maßnahmen der Schulmedizin und auch der Alternativmedizin nicht zugänglich. Weder die Blutentnahme noch die radiologische Diagnostik liefern eine relevante Aussage hierzu. Und operieren kann man sie schon gar nicht, vielleicht mit einer Dezerebrierungs-OP, aber das erscheint mir selbst in diesem Falle zu drastisch und wäre weder erfolgversprechend noch würde es überhaupt etwas an dem ganzen Sachverhalt ändern. Noch nicht einmal die Psychiater, die sich doch sonst gerne um das kümmern, was nicht normal erscheint, möchten sie geschenkt haben! Es sind alltägliche Krankheiten und sie kommen alltäglich vor, in allen Arztpraxen und Krankenhäusern und sonstigen Behandlungszentren. Und sie treten in der Regel immer mit rollenden Augen auf. Da rollende Augen aber, wie bereits dargestellt, ein pawlow'scher Reflex sind, reagieren die diesen Krankheiten ausgesetzten Behandler reflexartig mit einem Syndrom, den rollenden Augen, dessen Ursache ihnen durch und durch unbewusst ist.

Man sieht nur mit dem Herzen gut, sagt der kleine Prinz[3]. Diese Krankheiten kann man zwar mit den Augen sehen, aber so wirklich sehen kann man sie nur mit tieferliegenden Organstrukturen, vielleicht in der Tat mit dem Herzen, oder vielmehr mit dem Herzen und den Nerven, denn man muss sie als Behandler empfinden, diese Kranken mit ihren uneigentlichen Erkrankungen, von denen ich im Folgenden einige Beispiele nennen will.

Nehmen wir, zum Beispiel, den Morbus Schwierig. Was ist das Schwierige am Morbus Schwierig? Nun, ganz einfach, dass sie schwierig, sehr schwierig ist, diese Erkrankung. Einfach zu diagnostizieren, aber schwierig zu behandeln. Im Grunde ist sie nicht behandelbar. Wer sie hat, ist sozusagen unheilbar krank. So ist beispielsweise die allgemeine Relativitätstheorie[4] eine schwierige, sehr schwierig zu verstehende physikalische Theorie, sie ist im Grunde für einen normalen Menschen unverständlich, weil viel zu schwer zu verstehen. Echt schwierig! Aber gegen den Morbus Schwierig ist sie ein wahres Kinderspiel, kann man doch für diese schwierige Theorie mehr Verständnis aufbringen als für diese Krankheit. Alles an dieser Krankheit ist schwierig, sowohl die Kranken als auch die Krankheit selbst und auch die Zusammenhänge zwischen Kranken und Erkrankung. Sie ist schwierig, weil nichts richtig ist, nichts recht und nichts recht zu machen. Ein Krankheitsgeschehen, bei dem man sich als Behandler nur die Zähne ausbeißen kann und seine zen-buddhistische[5] Gelassenheit mit Sicherheit verliert. Behandeln kann man dieses Krankheitsgeschehen mit all seinen Zusammenhängen im Grunde nur, indem man sich davon fernhält und das Weite sucht, sollte man einmal von solch einem Kranken mit solch einer Krankheit konsultiert werden. Sollte das nicht gelingen oder nicht möglich sein, kann man als Behandler nur Drogen nehmen und somit seine Sinne vor diesem Krankheitsgeschehen vernebeln oder man bucht ein One-Way-Ticket in die nächste Psychiatrie. Ja!

Dann schaue man sich einmal den Morbus Komisch an. Im Grunde ist das Komische an diesen Kranken und dieser komischen Krankheit, dass man pausenlos darüber lachen möchte. Möchte! Denn wird man direkt damit konfrontiert, ist nur noch das Gefühl, das man diesen Kranken und deren Krankheit gegenüber empfindet, komisch und man gerät in eine komische

Situation, denn Denken und Handeln dieser Individuen erinnern an Auftritte von Komikern. Es ist leider nur nicht zum Lachen, sondern zum Weinen, denn man muss als Behandler seinen gesunden Menschenverstand, wenn man denn welchen besitzt, abschalten, möchte man mit diesen Komikern auf einen Nenner kommen, den man trotz allem nie erreicht. Sie kommen herein, diese Individuen, in die Praxis oder ins Behandlungszimmer und man denkt nicht, nein, man empfindet das Ganze als komisch. Man kann sich diesem Gefühl nicht entziehen und nach nur kurzer, nein, kürzester Auseinandersetzung mit diesen bewahrheitet sich dieses Gefühl und wird zur Realität. Und spätestens jetzt muss man endgültig seinen Verstand abgeben, will man als Behandler im Raum bleiben. Oder man verlässt diesen, das wäre die Alternative. Vielleicht mit der fadenscheinigen Begründung, dass man mal dringend aufs Klo muss. Aber was tut man nicht alles, um seine Haut zu retten oder vielleicht einen letzten Rest seines gesunden Menschenverstandes zu bewahren. Denn mit diesem kommt man vor Ort, dem Morbus Komisch gegenüber, nicht weiter. Ich habe hierzu meine eigene Strategie entwickelt in den letzten Jahren. Ich schalte einfach 99 % meines Kopfes aus und mit dem Rest beame ich mich gedanklich in eine Ecke der Zimmerdecke, auf den Balkon der Opas Walldorf und Stalter aus der Muppet Show[6] und kommentiere das Geschehen für mich von dort aus. Gewusst wie! Und man kommt mit den komischen Krankheiten und den komischen Kranken, dem Morbus Komisch, klar. Ja, man kommt damit klar; behandeln kann man den Morbus Komisch allerdings nicht, denn auch er ist nicht therapierbar. No Chance!

Man sieht, es gibt Krankheiten, die gibt es eigentlich gar nicht. Und dennoch, uneigentlich, gibt es sie. Sie sind so real wie die Krümmung der Raumzeit. Man sieht sie nur nicht, genauso wie die Krümmung der Raumzeit[7].

Ein weiteres Beispiel für so eine krumme Gurkenkrankheit ist der Morbus Seltsam. Auch mit diesem Krankheitsgeschehen wird man tagtäglich als Behandler konfrontiert. Und ebenso wie für die anderen Morbi gibt es auch daraus kein Entrinnen, es gibt nur die äußere oder die innere Emigration. Seltsam bedeutet so viel wie vom Üblichen abweichend und nicht recht begreiflich. Es gibt Überschneidungen zum Morbus Komisch, wie das auch bei den eigentlichen Erkrankungen der Fall ist. Nur weichen die Kranken dieser Krankheit gar nicht so sehr vom üblichen ab, weil diese Erkrankung so häufig auftritt, dass man sie prinzipiell als üblich bezeichnen kann. Morbus Seltsam. Etwas mutet seltsam an. Das ist eine gängige Redewendung. Und sie muten seltsam an, die Kranken dieser uneigentlichen Erkrankung. Das Erste, was man denkt, oder vielmehr die erste Reaktion, die man als Behandler hat, wenn man mit Gedanken, Worten und Werken und weiteren Symptomen dieser Kranken konfrontiert wird, ist: Häh?

Und damit kann man es getrost belassen, denn jedes weitere gedankliche Vertiefen in diesem Zusammenhang ist sinnlos, reine Zeitverschwendung und Verschwendung von Lebensenergie. Davon hat man allerdings nicht genug, sie ist gewissermaßen budgetiert und dieses Budget muss man sich für wichtigere Dinge aufbewahren, wie das Lesen von Asterix zum Beispiel: *Irre muss man machen lassen…* (Asterix auf Korsika), oder die Beatles hören: Let It Be! Das summe ich dann ganz still in mich hinein, wenn ich mich mit dem Morbus Seltsam auseinandersetze, indem ich mich nicht mit ihm auseinandersetze, weil es absolut sinnlos ist, sich mit ihm auseinanderzusetzen. Es ist einmal mehr wie im Straßenverkehr: Abstand halten ist die beste Methode, nicht in eine Kollision zu geraten. Man sieht, es gibt Dinge, die gibt es eigentlich gar nicht und dennoch gibt es sie. Und jede

Krankheit, die vorstellbar oder auch nicht vorstellbar ist, ist auch real.

Pause. Ich muss jetzt einmal Pause machen. Sonst werde ich noch ganz doof. Doof bin ich schon, Doktor Doof.

Unfug

Nun denn, lasst uns weiter über Krankheit und Gesundheit reden, lasst uns weiter analysieren und spezifizieren, verifizieren und falsifizieren durch zähes Diskutieren und Argumentieren, lasst uns glorifizieren und Honig ums Maul schmieren, solange, bis wir als kranke Gesunde oder gesunde Kranke herumkriechen, auf allen vieren. Aber lasst uns reden, denn geredet wird viel über Krankheit und Gesundheit. Was fehlt, ist Verständnis. Und Verständnis wird vermittelt über die Sprache.

Die Grenzen meiner Sprache sind die Grenzen meiner Welt. Wittgenstein, immer wieder Wittgenstein. Und hier liegt das große Missverständnis im Gesundheitswesen: Der eine versteht die Sprache des anderen gar nicht, er kann sie gar nicht verstehen, da er sie nicht gelernt hat. Trotzdem will der eine immer und überall mitreden und dem anderen dazwischenreden. Ein Dilemma.

Das Verständnis ergibt sich nicht nur aus der Sprache selbst, sondern vielmehr aus dem Sprachinhalt. Was steckt eigentlich dahinter, welchen Quatsch wir erzählen und über welchen Unfug wir uns unterhalten? Das ist ein wesentliches Lebensproblem, ein allgegenwärtiges Lebensproblem, welches ich an dieser Stelle nicht weiter vertiefen will, denn ich möchte meinen Fokus auf einen anderen Zusammenhang legen, auf die Arzt-Patienten-

Interaktion, auf das Mensch ärgere Dich oder Mensch ärgere Dich nicht-Spiel, welches zwischen Behandler und Behandeltem stattfindet. Hier ist das Missverständnis in den Inhalten der unterschiedlichen Sprachen eminent. Arzt hält sich für eine Koryphäe[1], Patient hält Arzt für eine Koryphäe (= positive Korrelation) oder, wenn er, der Arzt, die Sprache des Patienten nicht versteht, die Inhalte seiner Sprache nicht erfassen kann, für einen Wassermann (= negative Korrelation). Arzt hält sich für einen Wissenschaftler, Patient hält ihn hingegen für einen Arzt (= Nonsens-Korrelation). Und hier zeigt sich ganz deutlich das gegenseitige Missverständnis der Erwartung des Gesprochenen: Patient und Arzt verstehen die Sprache des anderen gar nicht.

Der Arzt als Wissenschaftler spricht von Wahrscheinlichkeiten, der Patient will Sicherheiten. Sie meinen vielleicht, jeder für sich, das gleiche, wenn sie über den Sachverhalt, über den sie sprechen wollen, sprechen, liegen aber, wiederum jeder für sich, in Bezug auf den anderen, voll daneben. Ich habe das in einer früheren Publikation bereits erwähnt, möchte das aber zum besseren Verständnis, vielleicht für beide Seiten, etwas vertiefen. Zunächst einmal, als Grundlage eines besseren Verständnisses, Definitionen. Unter Sicherheit versteht man allgemein den Zustand, der für Individuen, Gemeinschaften sowie andere Lebewesen, Objekte und Systeme frei von vertretbaren Risiken ist oder als gefahrenfrei angesehen wird. Sicherheit heißt also, um es kurz zu fassen, frei von Risiko. Die Wahrscheinlichkeit hingegen ist ein allgemeines Maß der Erwartung für ein unsicheres Ereignis. Man merke sich Unsicherheit. Unsicherheit ist das Gegenteil von Sicherheit, die Verneinung des Gegenteils sozusagen, ein klassisches Oxymoron[2]. Der Behandler bietet dem Behandelten somit das Gegenteil von dem, was er eigentlich erwartet, was mit ein Grund sein mag, dass so viele uneigentlich Kranke, eigentlich krank sind. Man sieht, wie verwirrend das ist, wenn der eine die

Sprache des anderen nicht versteht. Und in der Medizin und im medizinischen Alltag ist dieses Missverständnis, was zwischen Wahrscheinlichkeit und Sicherheit immer wieder aufkommt, augenfällig. Denn Patienten wollen einfach Sicherheit, mehr nicht. Sicherheit, dass das Medikament wirkt, das sie verschrieben bekommen haben, Sicherheit, dass die Operation gelingt, Sicherheit, dass die Impfung vor einer Erkrankung schützt und ganz allgemein die Sicherheit, dass sie wieder gesund werden, wenn sie krank sind. Nur kann der Arzt als Wissenschaftler, kann die moderne Medizin nur eine gewisse Wahrscheinlichkeit abgeben, mit der das vom Patienten Erwartete eintritt oder nicht eintritt. Und leider sind alle wissenschaftlichen Aussagen nur statistische Wahrscheinlichkeiten und sagen im Einzelfall für den Einzelnen immer nur eines aus, nämlich gar nichts und schon gar nicht eine Sicherheit. Was bleibt, ist, aller Wahrscheinlichkeit nach, nichts als Unsicherheit. Wenn man mit an Sicherheit grenzender Wahrscheinlichkeit eines sagen kann, dann nur dies, dass das mit großer Wahrscheinlichkeit großer Unfug ist, was ich hier beschreibe. Oder auch nicht. Denn ich bin Doktor Doof. Und ich halte mich an die Erkenntnisse der Quantenphysik[3], dass man mit Sicherheit nur mit einer gewissen Wahrscheinlichkeit vorhersagen kann, ob ein Ereignis eintritt oder nicht. Mehr nicht!

Erwartung

Welt und Erwartung. Ich erwarte mittlerweile gar nichts mehr von Welt, aber Welt erwartet alles von mir. Und die Steigerung von Erwartung ist Erwartungshaltung. Und wenn auf der Welt irgendwas nicht nur riesig erscheint, sondern riesig ist, so ist es die Erwartungshaltung derer, die sich Menschen oder Patienten nennen. Und treten Sie mir, diese Menschen, als Patienten gegenüber, so erwarte ich, als Arzt, erst mal gar nichts, sondern warte einfach auf das, was da kommt. Und was da kommt, ist häufig der Hammer! Denn da ist nix! Nix dahinter bei dem, was da kommt, aber die Erwartungshaltung ist, wie gesagt, riesig. Sie ist so riesig, wie das, was ihr die Werbung, die allgegenwärtige Werbung bietet, was ich, als Doktor Doof, allerdings niemals bieten kann. Und schon sind wir wieder mittendrin im Missverständnis. Denn Doktor Doof lässt sich destilisieren in Doktor Weiß-Nix und Doktor Kann-Nix! So schnell geht das nun mal.

Erwartung nicht erfüllt und plötzlich ist man ungechillt!

Sie sind aber einfach turmhoch, diese Erwartungen der Erwartenden in ihrer Erwartungshaltung, ehrlich! Es sind nicht nur Wünsche, die vorgetragen werden, sondern die Erwartung des Eintretens eines Wunsches, der erwartet wird. In der Tat! Man stelle sich nun einmal vor, was da von einem unglücklichen Behandler, nur weil er bedauernswerterweise Behandler ist, alles so erwartet wird, welche Wünsche an ihn herangetragen werden. Alle Dinge mit UN, alles, was im Bereich des Unmöglichen liegt, soll in den Wunschträumen der Träumer in der Realität möglich gemacht werden. Und wirklich, man glaubt es nicht, welche unmöglichen und unmöglich zu erfüllenden Wünsche zuweilen an mich herangetragen werden:

Doc, mach mal das Unmögliche möglich; Du bist doch Arzt!

Aber diese Wünsche kann kein Gott in Weiß erfüllen. Und ich bin noch nicht einmal Halbgott in Weiß. Aber es ist immer, wie bei allem: That depends on the Perspective! Für manch einen scheinen das bescheidene Wünsche zu sein, deren Erfüllung sie von mir erwarten. Unzerstörbare Gesundheit bei unsinnigem Lebenswandel. Das ist ein häufig geäußerter Wunsch und eine naheliegende Erwartung vieler Klienten in einer Arztpraxis. Erfüllbarkeit: Weit unter dem Level des erfüllbar Möglichen! Oder der Wunsch nach unfassbarer Schönheit, wenn sie schon längst verblüht ist oder vielmehr noch nie vorhanden war. Dieser steht in Zusammenhang mit der modifizierten, berühmtesten Formel der Welt: $E = mc^2/Hm$ (Erwartung = Masse mal Lichtgeschwindigkeit zum Quadrat geteilt durch Hirnmasse). Für die Erfüllbarkeit dieser Erwartungen muss man allerdings Zähler und Nenner der Formel vertauschen: $E' = Hm/mc^2$ (Erfüllbarkeit = Hirnmasse geteilt durch Masse mal Lichtgeschwindigkeit zum Quadrat). Man sieht den Zusammenhang von E und E':

$F(x) = 1/x; (x = E/E')$.

Und weiterhin sieht man: Häh?

Häh? Nun, noch nicht genug. Es gibt noch den Wunsch nach unsterblicher Liebe. Dazu braucht es allerdings mich als Doktor Doof nicht. Denn dieser Wunsch ist sehr leicht zu erfüllen, er ist an jedem Kiosk oder in jeder Bahnhofsbuchhandlung zu erwerben. In der Form der bunten Presse. Oder im Privatfernsehen. Oder auf den rechtlich-öffentlichen Kanälen, denn auch die haben ein Recht hierzu. Man sieht, unsterbliche Liebe findet man allenthalben! Doktor Doof kann sie nur nicht auf Kassenrezept verschreiben und somit scheint sie nix zu taugen. Macht aber nix, denn für die Erfüllung dieses Wunsches, obwohl er nichts taugt, gibt man gerne Geld aus.

Bleibt noch der Wunsch nach Unendlichkeit und die unmögliche Erwartungshaltung diesbezüglich. Die Erwartung an den Halbgott in Weiß nach unendlicher Jugend und unendlichem Leben. Unglaublich, was? Es ist wahrhaftig unglaublich, welche Erwartungen manche Menschen haben! Ich kann mich, konfrontiert damit, leider nur immer wieder fragen: Häh? Und: Was geht in diesen Birnen nur vor? Unbeschreiblich! Und es fallen mir unfassbare Antworten darauf ein: Was ist das für ein Unfug, den ich da verzapfe und was für ein Unsinn, den ich da erzähle? Man sieht, auf dieser Welt ist auch das Unmögliche möglich.

Mir fällt hierzu nur ein Gedicht von Ernst Jandl[1] ein:

Es gibt Menschen,
die lechts
und rinks
velwechsern;
werch ein Unfug…

Blödsinn

Nochmals: Bitte nicht weiterlesen! Man lese bitte nicht weiter, wenn man des Lesens nicht mächtig ist. Oder wenn man dem Verständnis des Gelesenen nicht mächtig ist. Oder wenn einem der eigene moralische Regulator, der Torwächter von Sitte und Ordnung, die Ermächtigung, dies zu lesen und ein Verständnis dafür aufzubringen, nicht erteilt. Buch zuschlagen und in der Bild-Zeitung weiterlesen! Denn der Sinn des hier Geschriebenen ist reiner Nonsens! Nonstop-Nonsens[1]! So viel Blödsinn hat die Welt noch nicht gesehen und sie hat schon viel gesehen, die Welt! Denn sie schaut überall dahin, die Welt, wo es nichts zu sehen gibt und schaut weg, wo es sich im Grunde lohnt, genauer hin-zuschauen. Man sieht: Alles ein Riesenblödsinn! Man mache sich ein Bild von der Blödheit und lese ganz blöd in der Bild-Zeitung. Und das auch in Fragen der Gesundheit. Probe gefällig?
Kugelrund? - So wirst du schlank und gesund!

Oder noch einen anderen, der ist noch besser:

Du kommst nicht mehr an die Spitze? Da hilft nur die Gesundheits-Spritze!

Oder noch einen drauf:

Flatulenzen? - Da kommt der Darm an seine Grenzen!

Man sieht: Erkenntnisgewinn durch Erkenntnisirrsinn = Blödsinn! Und in erkenntnistheoretischen Fragen in Sachen Gesundheit kann ich als Doktor Doof natürlich gut mitreden, muss ich doch tagtäglich diesen Schwachsinn, der auf der Bühne Gesundheitswesen gespielt wird, analysieren, interpretieren und leider auch therapieren. Nur gibt es dafür keine sinnvolle Medizin, weder Doktor Doof noch Doktor Schlau haben etwas im Giftschrank. Und auch nichts im Rezeptbuch, somit kann auch der Apotheker nichts damit anfangen. Es ist immer wieder das Gleiche: Für sinnlose Krankheiten gibt es einfach keine sinnvolle Medizin. Und der Blödsinn ist die sinnloseste aller Erkrankungen. Er ist eine Volkskrankheit, die ganze Gesellschaft ist davon befallen. Er erweitert die 3-B zu den 4-B, er ergänzt sie nicht nur, in seiner Ergänzung beschreibt er diese sogar. Und selbst mathematisch stellt er eine ganz neue Regel auf, so wird aus $1 + 1 + 1 = 1$! (Bürokratie plus Borniertheit plus Berufsschwachmatentum ist gleich in der Summe: Blödsinn!).

Man sieht, der Blödsinn ist virulenter[2] als das Virus, das sich Corona nennt, was auch schon genug Blödsinn in die Welt gebracht hat. Gegen das so genannte Coronavirus ergreift man jeden therapeutischen Strohhalm und feiert sogar therapeutische Misserfolge als Erfolge. Aber in der Behandlung des Blödsinns erreicht man noch nicht einmal das. Wieder einmal mehr eine Erkrankung, die leicht zu diagnostizieren und schwer, nämlich gar nicht, zu therapieren ist. Und kann man den Blödsinn nun einmal nicht therapieren, so lässt man ihn einfach wie eine

Seuche um sich greifen, so lange, bis alles durch Blödsinn verseucht ist. Dann sind selbst die 3-B, die Ursachen allen Blödsinns, machtlos, denn hier helfen deren Gesetze, trotz vieler Paragrafen, gedruckt auf noch mehr Papier, nicht weiter. Man sieht: Dieser Krankheit, dieser höchst kontagiösen[3] Erkrankung, dem Blödsinn, ist man hilflos ausgeliefert.

Logik

Kehren wir in die Welt der Erwartung und der Erwartungshaltung zurück. Welt, und Welt ist Mensch und Mensch ist Patient, erwartet, dass hinter jeder Krankheit und jedem Krankheitsgeschehen eine Logik steckt. Behandler, und nur der Behandler, der die wittgenstein`sche Leiter weggeworfen hat, da er schon an ihr emporgestiegen und ganz oben angekommen ist, weiß allerdings, dass hinter jeder Krankheit und jedem Krankheitsgeschehen alles steckt, nur keine Logik! Syllogistisch sind Krankheiten und Krankheitsgeschehen in ihrer gesamten bio-psycho-sozialen Ausprägung absolut unlogisch. Um das zu verstehen, wenn man es denn verstehen kann, muss man sich in das Thema Logik etwas vertiefen. Zunächst einmal, wie immer, eine Definition: Mit Logik wird im Allgemeinen das vernünftige Schlussfolgern und im Besonderen dessen Lehre bezeichnet. Man behalte vernünftiges Schlussfolgern im Hinterkopf!
Ein alter Hase, ein alter Fuchs, der sich, nach den epochalen Untersuchungen zur Logik des Aristoteles, mit dem Thema Logik bereits im Mittelalter auseinandergesetzt hat, war der Franziskanermönch Wilhelm von Ockham, der Mann mit dem Rasiermesser. Logik ist nach ihm eine Weise des Könnens, des richtigen

Umgangs mit Begriffen und ihre Verknüpfung zu Aussagen sowie deren Verbindung zu Argumenten und Schlüssen. Sie ist somit eine Fertigkeit, eine Kunst (ars). Sie ist aber auch eine Wissenschaft (scientia), man lernt durch sie die formalen Beziehungen zwischen Begriffen, Aussagen, Argumenten und Schlüssen sowie die Regeln kennen, welche im Umgang hiermit zu beachten sind.[1] Doktor Doof ist ganz schön doof, denn er schreibt ab. Macht nix, denn ich bin zum einen kein Wissenschaftler, zum anderen kann ich mir bestimmte Dinge einfach nicht ausdenken. Als Doktor Doof bin ich nun mal Logiker ohne Logik und somit Wissenschaftler der Wissenschaftler (physicus physicus)!

Nun, kehren wir in die Logik des Mittelalters zurück:

Anfänglich trägt die Logik den Namen dialectica; als solche ist sie vom achten Jahrhundert an Bestandteil der sieben freien Künste (septem artes liberales). Beeinflusst durch stoische Traditionen, vor allem Ciceros Topic, wird sie im neunten Jahrhundert zu einer Theorie gelingenden Argumentierens weiterentwickelt, deren Zweck in der Herausbildung und Stärkung der Fähigkeit zur Klarheit und Folgerichtigkeit des Denkens und zur Entscheidung argumentativer Kontroversen liegt.[2] Uff! Für den Hinterkopf bedeutet dies: Fähigkeit zur Klarheit, Folgerichtigkeit des Denkens und argumentative Kontroversen abspeichern. Denn diese Sachverhalte sind für die Arzt-Patienten-Interaktion wichtig. Kommt noch!

Zurück zu Willi von Ockham, dem Mann mit dem Rasiermesser. Nach Ockham ist alles Denken ein Tun; wie jedes Tun bedarf auch das Denken eines Richtungsweisers (directivum), damit es nicht in die Irre geht.[3]

Für den Hinterkopf: In die Irre gehen.

Nach dem Tonsor, dem Bartscherer Ockham, besteht nun die Aufgabe der Logik darin, wahre Argumente von falschen zu trennen, und zwar so, dass man mit Sicherheit zwischen Wahrheit und Falschheit unterscheiden kann.[4] Und weiter heißt es: Wer diese Kunst nicht beherrscht, fällt allen Arten von Irrtümern zum Opfer, verstrickt sich in Schwierigkeiten, aus denen es keinen Ausweg gibt, hält konkrete Beweise für Trugschlüsse oder umgekehrt Trugschlüsse für Beweise.[5] Anstrengend, nicht wahr? Ich unterstreiche für den Hinterkopf: Zwischen Wahrheit und Falschheit unterscheiden und Trugschluss. Weiter im Text, weiter in Ockhams Texten. Die Logik ist das Hilfsmittel, das, für alle Wissenschaften, am besten geeignete Instrument, ohne welches keine Disziplin zu Wissen in vollem Sinne zu gelangen ist.[6] Merke: Hilfsmittel. Die Logik ist somit eine praktische Disziplin; sie handelt von solchem, was von Menschen hervorgebracht wird…[7]

Das ist ganz schön harter, philosophischer Tobak, den ich hier zu Papier bringe, ich weiß. Nur noch kurz für den Hinterkopf herausfiltern: Wissen in vollem Sinne und praktische Disziplin. Und bevor (oder nachdem) nun alle Kopfschmerzen bekommen (haben), machen wir jetzt mal eine kurze Pause und gehen in uns und rauchen diesen Tobak. Dabei filtern wir aus dem Tabakrauch die Bestandteile heraus, die wir im Hinterkopf abgelegt haben:

- Vernünftiges Schlussfolgern.
- In die Irre gehen.
- Zwischen Wahrheit und Falschheit unterscheiden.
- Trugschluss.
- Wissen in vollem Sinne.
- Hilfsmittel.
- Praktische Disziplin.

Nun, wir haben sie herausgearbeitet, die sieben freien Künste (septem artes liberales) der Logik. Und da sie, die Logik, eine praktische Disziplin ist, wenden wir sie jetzt ganz praktisch auf die Arzt-Patienten-Interaktion anhand eines praktischen Beispiels an.

In der Praxis sind die häufigsten Gründe für Konsultationen eines Arztes chronische Schmerzen. In der Logik des ICD 10[8] (= International Classification of Diseases and related Health Problems) ist der chronische Schmerz als Code R52.2 abgebildet. Das aber nur so nebenbei, denn ich will niemanden in die Irre führen. Uneigentlich entbehrt der chronische Schmerz jeglicher Logik, denn eigentlich gibt es unzählig viel Wissenschaft und Literatur hierzu, nur es nützt nichts, dass es sie gibt. Der chronische Schmerz bleibt.

Unter den chronischen Schmerzen ist der chronische Rückenschmerz mit der häufigste. Patient geht zum Arzt und sagt: Doktor, ich habe Rücken; wie kann das? Und Doktor denkt: Häh? Und demonstriert damit Wissen in vollem Sinne! Patient versucht sich im vernünftigen Schlussfolgern und vermutet einen Vitamin- oder Mineralstoffmangel als Ursache seiner Beschwerden und verlangt eine umfassende Labordiagnostik im Sinne eines großen Blutbildes. Für den Arzt ist die Schlussfolgerung des Patienten allerdings ein Trugschluss, scheinbar hat er zuvor Doktor Google hierzu befragt und sich dadurch in die Irre leiten lassen. Die vernünftige Schlussfolgerung des Arztes als physicus physicus zielt eher auf die Freisetzung schmerzauslösender Gewebsstoffe, biogener Amine, hervorgerufen durch fehlgeleitete mechanische oder quantenphysikalische Umstände, die über die A- delta-Fasern und C-Fasern der Schmerzbahn an höher gelegene Schmerzzentren weitergeleitet werden als Ursache des Patientenschmerzes ab. Das befriedigt allerdings nicht die Erwartung und Erwartungshaltung des Patienten und logischerweise ist man somit wieder beim klassischen Missverständnis angekommen. Denn der Arzt bietet dem Patienten, als vernünftige Schlussfolgerung, nun ein Hilfsmittel, ein Rezept über Tabletten an, die die schmerzauslösenden biogenen Amine an den hierfür aufnehmenden Rezeptoren allosterisch[9] oder kompetitiv[10] hemmen und damit den Schmerz eliminieren sollen. Er meint es gut, der Arzt, mit dem Patienten. Doch dies ist ein Trugschluss. Denn der Patient hat die Erwartung, wenn schon nicht Vitamine und Mineralstoffe als Hilfsmittel, so denn schon immerhin Massagen zur Lösung seines Schmerzproblems verschrieben zu bekommen. Und wieder sind beide Seiten voll in die Falle des Missverständnisses getreten. Man sieht, wie logisch das Ganze ist. Und man sieht auch, wo es bei der ganzen Logik hapert: An der Sprache und dem Inhalt der Sprache. Werden Informationen unterschlagen, ist der Sinn des vernünftigen Schlussfolgerns sinnlos und somit unlogisch. Fehlen Informationen in einem Sachverhalt, können beide Seiten nicht zwischen Wahrheit und Falschheit unterscheiden. Denn die Frage des Patienten: ...Wie kann das? wurde, als Lebensproblem, bislang noch nicht einmal berührt! Denn hätte der Patient seine Gartenarbeit zuvor oder seinen Wohnungsumzug oder seinen ersten Besuch im Fitnessstudio nach langer Zeit zugegeben oder hätte der Arzt gezielt danach gefragt, dann hätte das Ganze einen logischen Sinn ergeben. Aber so...

Man sieht: Medizin und Logik, Gesundheit/Krankheit und Logik und Arzt und Patient und Logik sind Kontradiktionen...

O Wunder[1]

Ich wundere mich tagtäglich über Welt, obwohl mich im Grunde nichts mehr wundert. Es wundert mich nicht, wenn Wunder ausbleiben. Umso mehr wundert es mich, wenn Wunder eintreten. Da ich eine so wundersame Einstellung zum Thema Wunder habe, habe ich auch kein Recht heiliggesprochen zu werden. Noch nicht einmal seligsprechen wird man mich aufgrund meiner Zweifel, die ich gegenüber den wunderlichen Dingen, die tagtäglich auf dieser Erde geschehen, habe. Höhere Weihen wird man mir somit nicht erteilen und ich bleibe einfach ganz bescheiden, wer und was ich bin: Doktor Doof. Macht überhaupt nichts, denn ich weiß genau, dass ich keine Wunder vollbringen kann, weder große noch kleine. Selbst wenn ich ein Halbgott in Weiß wäre, könnte ich das nicht. Wen wunderts, dass ich nie, obwohl ich Arzt zu sein scheine, weiße Kleidung trage. Und weiße Wäsche wasche ich schon gar nicht, erst recht nicht in den Rauhnächten[2]. Und selbst wenn ich wüsste, wo wirklich weiches Waschwasser wäre[3], würde ich das nicht tun. Wen wunderts, dass ich im Gegenteil täglich schmutzige Wäsche wasche, im Schongang?
Genug abgeschweift, zurück zum Wundern und den Wundern.

Wahnsinn (Teil I)

Warten.
Auf ein Wunder. Warten!
Warten auf ein Wunder. Warten!
Warten.
Warten auf ein Wunder,
auf ein Wunder warten. Warten!

Warten. Wunder.
Auf ein Wunder warten.
Warten! Warten! Warten!
W.

Das ist mir vor vielen Jahren einmal eingefallen. Ich weiß nicht mehr genau, warum und ich konnte, außer dass ich das niedergeschrieben habe, nicht viel damit anfangen. Wahrscheinlich habe ich selbst auf ein Wunder gewartet. Heute weiß ich, was es bedeutet. Denn die Menschen warten nicht nur auf Wunder, sie erwarten sogar, dass man diese vollbringt. Und die, die zu mir kommen, erwarten das von mir. Was für ein Pech aber auch, sind sie doch bei mir total an der falschen Stelle. Nun, ich lasse die Kindlein, die Patienten, zu mir kommen. Ich höre mir das an und schaue mir das an. Welche Wunderdinge sie von mir erwarten, meine ich. Und ich werde mehr und mehr zum Stoiker dabei. Das muss ich, will ich meinen Einzug in die stationäre Psychiatrie noch etwas hinausschieben. Der Mensch besitzt die Fähigkeit, Sprachen zu bauen, womit sich jeder Sinn ausdrücken lässt, ohne eine Ahnung davon zu haben, wie und was jedes Wort bedeutet[4]. Das hat, mal wieder, Wittgenstein geschrieben. Das hat er fein gemacht! Ich tausche nur das Wort Sinn im Zitat gegen das Wort Unsinn aus und schon gibt das für die Arzt-Patienten-Interaktion einen Sinn. Denn die Menschen und somit auch die Patienten wissen nicht nur nicht, was sie tun, nein, sie wissen auch nicht, was sie sagen. Und was sie erwarten. Denn sie erwarten viel. Sie sehen so manches Mal in mir einen Wunderheiler, der Wunderheilungen vollbringen soll. Denn daran glauben sie, die Menschen. Wundersamerweise bekommen sie diese Wunder suggeriert, häufig dann, wenn sie Zeitungen lesen, deren Schriftgröße umgekehrt proportional zu deren Schriftverstand ist, die diese Wunder propagieren. Sie glauben in der Tat daran, dass ein

Mensch in einer Stunde 10 kg an Gewicht verloren haben kann, nur weil er in der heißen Badewanne eingeschlafen ist. Oder sie glauben daran, dass man chronische Krankheiten heilen kann, indem man dreimal täglich an der Salatgurke lutscht. Der Schwager des Nachbarn hat das doch erzählt, dass das einem Freund aus dem Kegelclub gelungen ist. Und so weiter… Und mit diesem Glauben an Wunder treten manche Menschen, die sich Patienten nennen, gerne an mich heran. Wunder gibt es doch immer wieder[5], das singt man ihnen doch vor. Oder das Wunder von Bern[6], das jedoch, wenn man es genauer analysiert, kein Wunder, sondern harte Arbeit war. Macht nix! Die glauben das, die Leute und treten an mich heran, Wunder zu vollbringen. Sie halten mich für Merlin[7], für einen Zauberer, der aus seinem Zauberhut oder seiner Wundertüte die wunderbarsten Dinge hervorziehen kann. Aber ich bin nur Doktor Doof und nicht das Werbefernsehen! Manchmal denke ich auch, sie halten mich für den INRI, der einfach nur sagt: Steh auf, nimm Dein Bett und geh[8]! und schon sei die Sache erledigt. Aber das mit dem INRI funktioniert nicht bei mir. Wirklich nicht! Da ich allerdings nie etwas unversucht lasse, habe ich schon einmal versucht, über das Wasser zu wandeln. Vorsichtig, wie ich nun einmal bin, bei mir zu Hause in der Badewanne. Da hat sich jedoch gezeigt, dass ich nicht der INRI bin, sondern eher Petrus. Ich bin nämlich gnadenlos ins Wasser eingesunken, dabei ausgerutscht und habe mir am Wannenrand gehörig den Hinterkopf angeschlagen! Aua, ein schmerzhaftes Unterfangen, ein Wunder auf die Probe zu stellen. Und auch das mit der wundersamen Brotvermehrung hat nicht funktioniert, obwohl ich dabei ganz wissenschaftlich vorgegangen bin. Ich habe nämlich einmal eine Scheibe Brot in meinen Brotkasten gelegt, aber anstatt sich zu vermehren, ist das Brot schimmlig geworden. Wieder nix! Seitdem glaube ich nicht mehr so wirklich an Wunder. Aber die Menschen haben schon immer an Wunder geglaubt und sie glauben immer noch daran. Sie glauben daran, dass man, wenn das Kind schon längst in den Brunnen gefallen ist, nicht nur den Aufprall verhindern, sondern dass man die Zeit zurückdrehen könne. Vor den Zeitpunkt, an dem das Kind in den Brunnen geworfen wurde. Sie glauben daran, dass es, selbst wenn alle Therapien, die es auf der Erde gibt, nicht geholfen haben, dennoch etwas geben muss, was hilft. Sie vergessen nur die Statistik leider dabei: Zwar steigt der Erwartungsdruck, dass eine folgende Therapie greifen muss, wenn die vorherigen nicht gegriffen haben ($f(x) = 2^x$), aber in der Regel sinkt die Wahrscheinlichkeit, dass eine zukünftige Therapie greift, wenn die vorherigen nicht gegriffen haben ($f(x) = 1/x$). Aber mit Statistik, dem Lieblingskind der Wissenschaft, kommt man den Menschen nicht bei. Sie glauben einfach daran, an das Wunder und geben haufenweise Geld aus für die Wunder, die man ihnen verspricht. Weil sie einfach daran glauben. Aber glauben heißt nicht wissen[9]! Und da ich als Wissenschaftler (physicus physicus) dem Wissen verpflichtet bin, glaube ich lieber an die Dinge, die ich weiß. Zum Beispiel dass Der wunderbare Mandarin[10] ein Wunder der Musik ist. What a wonderful World[11]!

Das K.A.C.K-Syndrom

Ich steh auf Akronyme[1]. Der Begriff K.A.C.K. ist ein solches Akronym. Wie komme ich da drauf? Nun, in der eigentlichen Medizin werden Syndrome häufig aus den Anfangsbuchstaben der zu Grunde liegenden Symptome gebildet. Ich möchte als Beispiel nur das CREST-Syndrom[2] nennen, was alle Mediziner kennen. Des Weiteren werden Krankheitsgeschehen häufig durch die sie bezeichnenden Leitsymptome beschrieben, häufig als Triaden wie die Merseburger Trias[3] beim Morbus Basedow[4] oder die lövgren`sche Trias[5] bei der Sarkoidose[6]. Bei den eigentlichen Erkrankungen ist das etwas anders, hier beschreiben die wirklich kranken Typen das Syndrom, denn hier ist die Typenbeschreibung wichtiger als die Symptombeschreibung. Das liegt zum einen daran, dass die Trägertypen dieser Syndrome nicht therapierbar sind, denn sie sind unheilbar krank. Denn die meisten Sätze und Fragen, die über solche Typen geschrieben worden sind, sind nicht nur falsch, nein, alles, was über sie geschrieben worden ist, ist nicht nur falsch, sondern unsinnig. Und es ist nicht verwunderlich, dass ihre tiefsten Probleme eigentlich keine Probleme sind[7]. Aber uneigentlich schon. Und darin liegt das Problem. Denn im Grunde müssen die Behandler behandelt werden, wenn sie mit diesen Typen konfrontiert werden. Die Behandler haben sozusagen ihre Tasche für die Aufnahme in die stationäre Psychiatrie schon gepackt. Und das alles, weil sie es prinzipiell mit den Trägern dieser Syndrome und speziell des K.A.C.K.-Syndroms gut meinen. Aber genau darin liegt der Hund begraben. Denn gut meinen und gut machen sind zwei Paar Stiefel. Und nur weil sie meinen, es gut für die zu meinen, können sie es denen erst recht nicht gut machen. Denn diesen Menschen kann man es nicht recht machen. Kein Behandler kann das! Kein Mensch kann es ihnen recht machen. Keiner kann es. Daran kranken diese Trägertypen. Denn sie sind von den unheiligen, unbehandelbaren 4-U befallen, von den Eigenschaften unmöglich, unzufrieden, unverschämt und unsympathisch. Unddaran leidet ein nicht zu übersehender Teil unserer Gesellschaft. Das uneigentliche K.A.C.K.-Syndrom ist somit eine viel schwerwiegendere Krankheit als die durch die Symptomtriaden oben beschriebenen eigentlichen Krankheiten. Denn unter diesem Syndrom leiden nicht nur die Kranken, sondern die ganze

Gesellschaft leidet unter ihnen. Und das schlimme ist: Man kann noch nicht einmal Mitleid mit Ihnen haben. Das K.A.C.K.-Syndrom ist ein uneigentliches Quadrivium[8], aber es hat nichts mit freien Künsten zu tun, denn die Betroffenen sind nicht frei in ihren Charaktereigenschaften und die Behandler und alle anderen um sie herum nehmen sie durch diese gefangen.

Das K.A.C.K.-Syndrom setzt sich im Einzelnen zusammen aus dem Morbus Kotzbrocken, dem Morbus Arschgeige, dem Morbus Chinakracher und dem Morbus Krakeeler. Nomina sunt Omina[9], nicht Schall und Rauch. Es gibt kaum einen Tatsachenbestand auf dieser Welt, bei dem das mehr auffällt als beim K.A.C.K.-Syndrom. Der Morbus Kotzbrocken ist so etwas wie das Leitsymptom dieses Syndroms, denn die anderen Symptomentypen beziehen sich gewissermaßen darauf. Der Morbus Kotzbrocken ist bezeichnend, denn er löst beim Behandler das aus, was er bezeichnet: Er ist zum Kotzen! Man muss sich erst gar nicht mit ihm auseinandersetzen, nein, man muss nur an ihn denken, damit es beim Behandler zum Ausbrechen des Symptoms kommt. Und der Behandler muss sich behandeln lassen oder sich selbst behandeln, wenn es dazu kommt, wenn es zur Interaktion mit dem Morbus Kotzbrocken kommt. Er muss sich ablenken, auf andere Gedanken kommen, er muss den Raum verlassen, an die frische Luft und muss Antiemetika[10] einnehmen. Man sieht: Ein schweres Krankheitsbild, was der Kranke beim ansonsten gesunden Behandler auslöst. Der Morbus Arschgeige ist ebenfalls bezeichnend. Wer vom Morbus Kotzbrocken befallen ist, ist auch vom Morbus Arschgeige befallen. Eine Arschgeige fiedelt nur falsche Töne, weil sie falsch gestimmt ist. Und das Resonanzloch des Morbus Arschgeige ist sein Arschloch. Dass daraus keine sinnigen, sondern nur unsinnige Töne entweichen können, scheint jedem, außer dem Betroffenen, klar zu sein. Sie sind nicht nur unsinnig, diese Töne, sie sind auch

52

noch falsch. Wittgenstein hat das schon richtig erkannt. Und bei dieser ganzen Kakophonie[11] kann man sich als Behandler nur die Ohren zuhalten. Oder den Raum verlassen. Oder taub werden. Dann haben wenigstens die Hörgeräteakustiker und die HNO-Ärzte noch etwas von diesem ganzen Lärm um nichts und wieder nichts. Diese Musik der Arschgeigen ist einfach nur anstrengend, eine Lärmbelästigung und schadet nicht nur den Gehörnerven, sondern dem ganzen Nervenkostüm!

Ein weiterer Lärm- und Nervenbelästiger ist der Morbus Chinakracher. Er hat eine kurze Zündschnur und explodiert in einem lauten Knall. Mehr steckt nicht dahinter, er hat sein Pulver schnell verschossen. Aber dieser kurze Explosionsmoment reicht schon aus, dass der Behandler instinktiv die Flucht ergreifen muss. Und er hat überhaupt keine Lust, an den Ort des Geschehens zurückzukehren, weil er überhaupt keine Lust hat, diesen Unrat, der von der Explosion zurückgeblieben ist, zu beseitigen. In der Tat! Mach Deinen Dreck doch selber weg, Du Kracher, Du explodierende Arschgeige! Und damit noch nicht genug, denn es gibt noch eine Steigerung, den Morbus Krakeeler. Der Morbus Krakeeler ist ein Symptom, das schon lange in der Zivilisationsgesellschaft Einzug gehalten hat. Man kennt ihn schon seit dem 17. Jahrhundert und anders als andere Seuchen ist er bislang noch nicht wieder vom Erdball verschwunden. Und man findet ihn überall, den Morbus Krakeeler. In Fußballstadien, auf den Straßen und auch in den Warteschlangen an Bushaltestellen, an Supermarktkassen und überhaupt in allen Warteschlangen. Geduld ist für den Morbus Krakeeler ein Fremdwort. Und damit ist er ein Belästiger vor dem Herrn. Er belästigt nicht nur seine Mitmenschen, er schädigt auch noch ihr Nervenkostüm, er gefährdet damit ihre Gesundheit und behindert sie in ihrer friedlichen und friedfertigen Lebensgestaltung[12]. Man findet sie wirklich allüberall, die Krakeeler und leider auch in den Praxen der

Behandler und auch in der von Doktor Doof. Und wenn ich vor kurzem gesagt habe, ich werde mehr und mehr zum Stoiker, dann stimmt das nicht, ist eine Lüge. Man kann nicht stoisch werden, wenn man tagtäglich mit dem K.A.C.K.-Syndrom konfrontiert wird. Wirklich nicht, denn das K.A.C.K.-Syndrom bringt selbst einen meditierenden Buddha aus der Fassung. Aber Doktor Doof ist ja nicht doof. Er hat eine Strategie entwickelt, um sich vor den Folgen der Konfrontation mit diesem Syndrom zu schützen. Er hat sich eine Waffe gebaut, eine Kanone. Und in diese Kanone steckt er diese ganzen Kotzbrocken, Arschgeigen, Chinakracher und Krakeeler und schießt sie auf den Mond. Denn das K.A.C.K.-Syndrom ist eine Seuche und hat auf dieser Erde nichts verloren. Und Doktor Doof als kleiner Bösewicht, schreibt hierzu ein schön Gedicht:

Das K.A.C.K.-Syndrom

Wen will man als Arzt
so gerne abblocken?
Den Morbus Kotzbrocken!

Für wen tanzt man als Arzt
keinen Reigen?
Morbus Arschgeigen!
Denn die bewirft man,
wenn man kann,
am besten mit reifen Feigen.

Für wen hat man nur übrig
einen Lacher?
Morbus Chinakracher!

Und wer sind des Arztes
größte Quäler?
Morbus Krakeeler!

Die alle
will man nur behandeln,
wenn sie sich wandeln.

Blasphemie[1]

Pst! Sie, ja, Sie! Haben Sie einen moralischen Regulator? Ja? Dann
werfen Sie ihn weg! Denn zum einen taugt er nichts, zum anderen können Sie mit diesem nicht in diesem Buch weiterlesen. Mit
einem moralischen Regulator werden sie beim Weiterlesen ständig in einen Zerrspiegel schauen und nicht erkennen können,
wie die Welt eigentlich wirklich ist. Sie werden sich ständig betroffen fühlen und betroffen sein. Obwohl Doktor Doof mit seiner moralischen Darstellung im Grunde nur ins Schwarze trifft.
Denn er hat zwar keine Moral, dafür aber ein Gespür für das Uneigentliche. Moral ist im Prinzip ja nur, wenn man moralisch ist.
Und das findet er doof, Doktor Doof. Somit ist er einfach der
große Unmoralische des Abendlandes sowie des Morgenlandes.
Moral macht die Menschen auch nicht gesund, zumindest nicht
die uneigentlich Kranken mit ihren uneigentlichen Erkrankungen. Denn sie sind zwar moralinsauer, besitzen aber nicht wirklich eine Moral. Denkt Doktor Doof. Und damit das Ganze wei-
tergeht, macht er ihnen, den Affen mit den Händen über Augen,
Mund und Ohren, ein unmoralisches Angebot. Das Angebot,

weiterzulesen und, trotz allem Skrupel, den moralischen Regulator über Bord zu werfen.

Moral ist eine Krankheit. Manche Kranke lassen sich für ihre Krankheit gerne ans Kreuz schlagen, wiederum andere haben es einfach nur im Kreuz. Für manchen ist seine Krankheit ein Drama, andere wiederum machen daraus ein Melodrama. So ist das mit den uneigentlich Kranken, die eigentlich krank sind. Halt! Das ist nicht nur unmoralisch, sondern auch blasphemisch! höre ich die Philister, die Moralapostel unter den Zwölfen, rufen. Nun, das kann schon blasphemisch sein, was ich da behaupte. Oder auch nicht. Denn ich habe davon keinen blassen Schimmer. Das ist mein Kreuz, das ich mit mir herumtrage.

Aber die Selbstdarstellung, mit der sich manche uneigentlich Kranke, die so gerne eigentlich krank sein möchten, darstellen, muss trotz aller Blasphemie einmal grundlegend dargestellt werden. Denn diese Darstellung der Darsteller ist im ureigentlichsten Sinne blasphemisch.

Ich spreche vom Morbus Wichtig. Eine ganz, ganz böse, eine wahrhaft satanische Erkrankung. Aber auch eine ganz, ganz wichtige Erkrankung. Die Krankheit der ganz, ganz Wichtigen, die denken, ganz, ganz wichtig zu sein und deswegen ganz, ganz wichtig tun. Sie sind der Nabel der Welt, die Radnabe, um die sich das Rad der Welt drehen muss, weil sie meinen, dass sich alles um sie drehen muss. Eloquenz[2], Impertinenz[3], aber im Grund nur kleine Schwänz, wenn man ihnen die Hosen heruntergezogen hat. Und das Dilemma auf dieser Welt besteht darin, glaubt man zumindest, dass es viel mehr Wichtige als Unwichtige gibt. Wer scheint nicht alles wichtig zu sein auf diesem Planeten! In den Behandlungszentren dieser Welt sind die Privaten natürlich wichtig. Und die Steigerung von privat ist superprivat. Scheiße, wenn man denn als Privater nur privat und nicht superprivat ist. Aber auch unter den Nicht-Privaten gibt es private und superprivate. Und auch die sind wichtig, sogar oft superwichtig. In der Außendarstellung natürlich, die Innendarstellung kennt ja keiner. Sie scheint allerdings mit der Außendarstellung kongruent zu sein.

Wer ist denn noch so wichtig auf diesem Erdball? Politiker natürlich! Die Steigerung von Politiker ergibt Spitzenpolitiker. Diese sind natürlich in den Behandlungszentren nicht nur privat und auch nicht nur superprivat, nein, sie sind Superduper-Privat. Eloquenzbestien, aber leider keine Arbeitsbienen, eher Arbeitsesel. Charaktereigenschaften, die erstrebenswert erscheinen, mag man denn im Konzert der Wichtigen so gerne mitspielen.

Natürlich spielt auch Geld eine Rolle. Geld und Statussymbole. Phallussymbole[4], selbst wenn man schon lange keinen mehr hochbekommt. Aber darum geht es auch nicht; es geht nur um die Darstellung, denn diese ist wichtig. Und nochmals wichtig.

Als Behandler hat man echt sein Kreuz mit dieser unsagbaren Wichtigkeit. Man weiß schon gar nicht mehr, wohin damit. Man fühlt sich regelrecht gekreuzigt durch diese permanente Reizüberflutung an Wichtigkeit. Und möchte so gerne so manches Mal Pilatus[5] sein, seine Hände in Unschuld waschen und sie dem Kreuzestod übergeben, diese ganzen Kamele, die durch kein Nadelöhr passen.

Ich für meinen Teil habe die Demut gelernt. Ich beherrsche sie zwar noch nicht, aber gelernt habe ich sie. Immerhin. Ich will mich ja nicht über den grünen Klee loben, aber ich glaube, mit Fug und Recht behaupten zu können, dass ich mich selbst als nicht wichtig erachte. Auf keinen Fall! Ich halte mich sogar für absolut unwichtig. Die Erde gibt es seit viereinhalb Milliarden Jahren, das Weltall sogar schon seit 13,8 Milliarden Jahren. Was sollte bitte schön an mir als kleinem Wicht wichtig sein? Ganz schön doof, was? Nun, ich bin nun mal Doktor Doof.

Luxuslebensprobleme - Lebensluxusprobleme.

Man kann ein Werk nach einem Werk ausrichten, man kann sich
mit seinem Werk auf nur ein Werk beziehen, ein Buch schreiben,
indem man immer wieder nur ein Buch zur Hand nimmt, darin
liest und darüber nachdenkt und sich in seinem Buch auf dieses
eine Buch bezieht. Man sieht, man braucht nur wenig, wenn man
etwas sagen will und in dem, in dem wenig drinsteht, wird oft
viel ausgesagt. Und immer wieder ist es Wittgenstein, der sagt,
worüber ich nachdenke, der Aussagen macht über die Welt, über
die ich nachdenke und worüber ich in diesem Zusammenhang
etwas zu sagen habe. Ich spreche mal wieder von Wittgensteins
Tracatus Logico-philosophicus. 99 % von dem, was da drinsteht,
verstehe ich leider nicht, aber das, was ich verstehe, was er sagt,
verstehe ich. Denn was er sagt, was ich verstehe, ist der Fall. Und
das ist die Welt. Und wenn es immer nur ein Satz daraus wäre,
auf den ich mich beziehen könnte, könnte ich mich darauf beziehen und würde das auch tun. Und tue es! Denn was er schildert,
sind Tatsachen. Tatsachen im logischen Raum. Und der logische
Raum ist die Welt. Und die Welt ist absurd. So schnell kommt
man von Wittgenstein zu Camus[1]. Und zu Kafka[2]. Man braucht
nur etwas Elan vital[3] und die Fähigkeit, die Welt zu beobachten
und darüber nachzudenken, dazu. Und kommt damit wieder
zurück zu Wittgenstein. Und damit in die Behandlungszentren
dieser Welt und damit in ein Behandlungszentrum dieser Welt,
das eigentlich kein Behandlungszentrum ist, sondern eine Be-
handlungszentrumsutopie mit einem absurden Behandler. Man
gelangt zu Doktor Doof. Und Doktor Doof ist doof. Ganz schön.

Selbst wenn alle Probleme der Wissenschaft gelöst sind, sind unsere eigentlichen Lebensprobleme noch nicht einmal berührt.
Das sagt Wittgenstein. Stimmt! Sagt Doktor Doof. Denn die, deren Probleme der Wissenschaft, deren medizinische Probleme

schon längst gelöst sind, die aber nur uneigentlich gelöst sind, weil sie eigentlich unlösbar sind, kommen irgendwann zu Doktor Doof, weil ihre Lebensprobleme nicht gelöst sind. Und Doktor Doof schickt diese Unerlösten nicht weiter zum nächsten Behandlungsfachmann, er schickt sie nicht weiter zu Wittgenstein, weil sie den noch viel weniger verstehen als Doktor Doof. Das ist der Fall!

Lebensprobleme gibt es viele auf der Welt, jeder hat seine eigenen Lebensprobleme, jede Kultur hat ihre eigenen Lebensprobleme und jede Gesellschaft auch. Und in unserer Gesellschaft gibt es viele Lebensprobleme, die Lebensluxusprobleme sind. Und die erkennt Doktor Doof in seinem absurden Behandlungszentrum der Utopie immer wieder. Mal sind die Tabletten zu groß, die er verordnet, zu groß, um sie schlucken zu können, mal sind sie zu klein, um sie teilen zu können, mal sind sie zu eckig, mal zu rund, mal gefallen sie in jeder erdenklichen Form nicht. Ein weiteres Mal gefallen sie in der Farbe nicht. Dann stellt der Behandler, der Arzt sein möchte, auf Tropfen um. Die sind dann mal zu süß, mal zu sauer, mal zu salzig und mal zu bitter. Mal schmecken sie auch überhaupt nicht. Dabei ist das normal, denn schon im Struwwelpeter heißt es: Der Doktor eilt herbei und gibt ihm bittere Arznei![4] Aber für die Welt ist das nicht normal. Es muss doch was geben, was…! Für Doktor Doof ist das, was für die, die doch eigentlich gesund werden wollen, für die das normal ist, gesund werden zu wollen, nicht nur nicht normal, nein, es ist absurd. Also stellt er auf Säfte um. Aber für diese sind manche zu Behandelnden zu jung, manche zu alt, um sie verordnen zu dürfen und damit zu können. Sagt die Behörde aus dem heiligen Triumvirat der 3-B. Das Normale ist das Absurde in dieser Welt und das Absurde das Normale. Und damit noch nicht genug. Denn manche Behandler dürfen manche Behandlungen gar nicht verordnen, was die Behandelten gar nicht verstehen. Er, der Behandler, darf sie nicht verordnen, da sie zwar ausreichend und zweckmäßig sind, die Behandlungen, aber unwirtschaftlich. Sagen die Behörden. Denn man kann zwar in die Wirtschaft gehen, nicht aber ausreichend in den Zweck. In der Wirtschaft kann man sich immerhin ausreichend volllaufen lassen, das erscheint zweckmäßig genug zu sein, denkt Doktor Doof, dass die Behörden dies denken. Und sich in der Wirtschaft zum Zweck ausreichend volllaufen zu lassen, ist keine Kassenleistung. Das bestreiten die zu Behandelnden aus eigener Kasse. Denn das erscheint zweckmäßig. Dabei sind doch ausreichend und zweckmäßig gegen wirtschaftlich eine Kontradiktion. Das denkt Doktor Doof. Aber die Behörden wissen das nicht, weil sie zum einen diesen Sachverhalt nicht kennen, zum anderen nicht wissen, was eine Kontradiktion ist und somit nicht wissen können, das zu denken, was Doktor Doof dazu denkt. Das ist der Fall und der Fall ist, dass das normal ist, dass das absurd ist. Und das Absurde ist die Welt, und die ist der Fall.

Und damit noch nicht genug. Denn macht der Behandler, was die Behörden wollen und lässt die zu Behandelnden unbehandelt, weil das wirtschaftlicher ist, und schickt sie stattdessen in die Wirtschaft, um sich dort ausreichend und zweckmäßig selbst zu behandeln, dann macht er das, was die Behörden zwar wollen, nicht aber das, was in diesem Fall, was der Fall ist, die zu Behandelnden in diesem Moment wollen, obwohl sie gerne in anderen Momenten in die Wirtschaft gehen, um sich gerne dort ausreichend und zweckmäßig selbst zu behandeln. Man sieht, das Absurde ist in der Welt wieder der Teufel im Weihwasser. Und wer das Absurde der Lebensprobleme dieser Kultur und dieser Gesellschaft einmal erleben möchte, der gehe doch einfach mal nach Afrika. Denn dort wünscht man sich zwar auch zweckmäßig, aber es gibt nicht ausreichend. Nicht ausreichend runde oder eckige oder sonstige Pillen in allen erdenklichen Formen und Farben. Und auch wenn die Tropfen bitter schmecken, werden sie genommen, weil sie zweckmäßig sind, weil sie nicht ausreichend vorhanden sind. Und wenn etwas nicht ausreichend vorhanden ist, nimmt man es gerne, auch wenn es groß oder klein, rund oder eckig ist, auch wenn es süß, sauer, salzig oder bitter schmeckt. Es ist zwar nicht ausreichend, aber wirtschaftlich, weil sie damit wirtschaften müssen, da es nun mal nicht ausreichend vorhanden ist. Und in die Wirtschaften gehen sie dort auch gar nicht, oder wenn, dann sehr selten, weil das für sie unwirtschaftlich ist, da sie nicht ausreichend haben, um in die Wirtschaft zu gehen.

Man sieht: Die Welt ist, was der Fall ist. Und der Fall ist das Absurde in der Welt. Und das ist normal.

Nosologie II

So ist das nun mal mit den Krankheiten. Sie passen nicht so wirklich ins Bild. Ins Bild der gesunden Welt. Sie trüben das Bild gewissermaßen. Dabei sind sie eigentlich allüberall, die Krankheiten, selbst dort, wo man sie eigentlich nicht vermutet, aber uneigentlich dennoch vorkommen. Die Bilder, die von Gesundheit nur so strotzenden gemalten gesunden Bilder, wollen einfach nicht von Krankheit gezeichnet werden. Denn eigentlich möchte die Welt gesund sein und eigentlich und nicht uneigentlich krank. Das ist normal, nicht absurd. Denn das eigentlich Gesunde ist das uneigentlich Kranke und das uneigentlich Kranke ist das eigentlich Gesunde. Das ist absurd, nicht normal. Und ich bin absurd, weil ich nicht mehr normal denken kann und das ist doof. Deswegen bin ich Doktor Doof. Und das ist krank. Und das

Kranke daran ist das Kranke darin. Und das darin ist ganz schön krank und das ist doof. Nur was ist das Kranke darin, ist es eigentlich oder uneigentlich krank? Ich bin eigentlich ganz schön krank, denkt Doktor Doof, aber es ist eigentlich gar nicht krank, was er denkt, was er von sich über seine Krankheit denkt. Und somit ist es uneigentlich krank. Habe ich eine Krankheit oder bin ich krank, indem ich darüber nachdenke, was ich habe? Denkt Doktor Doof. Sein oder haben? Sein oder nicht sein? Doktor Doof stellt große Fragen und fühlt sich oft wie Hamlet[1]. Er fühlt sich seiner Krankheit, seinen Krankheiten, die er denkt zu haben, nicht gewachsen. Ob's edler im Gemüt, die Pfeil und Schleudern des wütenden Geschicks erdulden oder sich waffnend gegen eine See von Plagen, durch Widerstand sie enden?[2] In der Tat! Das ist eine große Frage. What to do gegen seine Krankheiten? Und das Kranke daran ist das Kranke darin. Es sind seine Possessionen und Obsessionen, die ihn krank machen, denkt Doktor Doof, die eigentlich gar keine Krankheiten sind und somit ist er eigentlich gar nicht und damit nur uneigentlich krank. Und Obsessionen und Possessionen hat er viele und das ist das Kranke an ihm. Und eine dieser Obsessionen und Possessionen ist die Tittomanie. Hätte ich mich nicht so sehr für Titten interessiert, wäre aus mir vielleicht ein großer Filmemacher geworden. Das sagte Russ Meyer[3]. Den bewundert Doktor Doof. Irgendwie schon. Denn er sagt, was er denkt und tat, was er tun wollte. Das tut Doktor Doof nicht. Das ist ja eigentlich gar nicht krank, aber uneigentlich denkt er das. Er denkt: Hätte ich mich nicht nur nicht nur für Titten interessiert, sondern zu meinem Interesse gestanden und dies in die Tat umgesetzt, wäre aus mir vielleicht so etwas wie Russ Meyer geworden. Und nicht nur ein durchschnittlicher Arzt mit durchschnittlicher Kompetenz in einem durchschnittlichen Arztleben mit überdurchschnittlich vielen durchschnittlichen Patienten mit durchschnittlichen Leben und durchschnittlichen Krankheiten, denkt Doktor Doof im Nachgang. Und er weiß nicht, ob das krank ist, so über sich und über die Welt zu denken und so über sich und die Welt zu richten. Denn eigentlich ist es gar nicht krank, über sich und die Welt nachzudenken, es ist nur eigentlich krank, über sich und die Welt zu richten, wenn man uneigentlich anders denkt als die Welt. Und auch wenn die Welt anders denkt als man selbst, denkt Doktor Doof fairerweise noch dazu. Und das ist gesund. Gesund so zu denken! Und somit bin ich ja eigentlich gar nicht krank, sondern eigentlich gesund, wenn ich darüber nachdenke, was ich denke und was ich tue, denn das ist ja nur uneigentlich krank, denkt Doktor Doof über sich. Und eigentlich und uneigentlich ist Doktor Doof, nachdem er alle Kriterien der Nosologie strengstens überprüft hat, nicht krank.

Er ist nur verrückt!

Salutogenese[1]

Tja, wenn Sie mich für verrückt halten, haben Sie echt recht! Dann ziehen Sie doch einfach vorbei auf ihrem Spaziergang mit ihrem Anstandswauwau und bleiben Sie erst gar nicht stehen, um in dieses Buch und diese Erzählung einzutauchen. Nix wie weiter, nix wie heim, schön den Moralköter bei Laune und an der Leine halten und bloß nicht loslassen, schnell, schnell, dass sie rechtzeitig zur Behaglichkeit der Tagesschau wieder zu Hause sind, um bei Bier, Cola und Chips die Krankheiten, alle Krankheiten dieser Gesellschaft und dieses Erdballs, aus der ersten Reihe vermittelt bekommen zu können. Sie sitzen in der ersten Reihe, in der ersten Reihe sämtlicher 3-B dieser Erdkugel und bekommen von eben diesen 3-B das Wesen dieser kranken Erde vermittelt, um ihre eigenen Krankheiten zu vergessen. Ich hoffe, Sie haben ihren Moralköter wenigstens zu Hause von der Leine gelassen. Noch nicht? Noch nie? Ich frage mich, ob es nicht wirklich mal an der Zeit wäre, dies zu tun. Zumindest den Maulkorb können Sie ihm einmal abnehmen, denn bellende Hunde beißen ja bekanntlich nicht. Aber ich verstehe Sie, dass Sie in jedem nur erdenklichen Fall auf der sicheren Seite bleiben wollen, um alle Eventualitäten irgendeiner Unsicherheit ausschließen zu können. Warum auch nicht, wird es Ihnen von Bürokratie, Borniertheit und Berufsschwachmatentum über die riesige Medienlandschaft doch vorgelebt, wie angenehm Behaglichkeit, Beschaulichkeit und Bürgertum sind. Gleichschaltung per Knopfdruck oder Sprachbefehl, Werbepausen zur Wunschtraumvermittlung inbegriffen. So bleibt man fit, so bleibt man gesund. So ist das ja auch ganz normal. Nur für Verrückte ist das Gesunde nicht gesund, sondern krank. Denn für den Verrückten sind die Gesunden dieser Gesellschaft eigentlich gar nicht krank, sie sind für ihn noch nicht einmal uneigentlich krank, sie sind hochgradig schwachsinnig, weil sie geistesabwesend an diesem Irrsinn partizipieren. Und Schwachsinn und Irrsinn sind in der Tat eigentliche Krankheiten, das weiß man schon sehr lange. Große Geister haben schon aufgrund dieses Irrsinns ihren Geist aufgegeben und ausgehaucht, manch einer sogar mit dem Zitat:

Es ist vollbracht![2]

Man sieht: Das eigentlich Gesunde, ist eine trügerische Krankheit, ist eine trügerische Gewissheit. Und gewiss kann man sich in gar nichts sein, noch nicht einmal in der Gewissheit, dessen können wir uns gewiss sein. Denn das gewisse Etwas, welches das Bild einer heilen Welt trübt, ist das Kranke darin in dieser heilen Welt. Das Kranke darin ist das Kranke daran und umgekehrt. Diese heile Welt, die beste aller möglichen Welten[3], ist von eigentlichen und uneigentlichen Krankheiten nur so durchseucht. Man sieht es auf der anderen Seite der Mattscheibe oder der Benutzeroberfläche, nur man empfindet es nicht in der diesseitigen Welt und wenn man etwas für diese Welt empfinden sollte, dann hat man es sofort wieder vergessen, weil die mit Lichtgeschwindigkeit folgende folgende Information dieses Empfinden sofort wieder auslöscht. So wollen die, die diesen Salat verursacht und angemacht haben, die haben, die den Salat damit haben. Man soll konsumieren, die Wirtschaft ankurbeln und dabei alles, nur nicht unwirtschaftlich sein, denn: That depends on the Perspective! Man soll vor allem nicht denken, nicht denken bei der Arbeit, nicht denken beim Scheißen, denn Denken ist eine Krankheit, die den Kopf und den Darm angreift.

Aber irgendwas ist an der ganzen Sache faul. Denn tagtäglich landen immer wieder eigentlich Gesunde, die ganz gedankenverloren tun, was ihnen unreflektiert gesagt wird, mit Kopf- und Darmproblemen in den Behandlungszentren dieser schönen neuen Welt[4]. Und somit auch bei Doktor Doof. Und Doktor Doof weiß nicht, was er mit ihnen anfangen soll, weiß nicht, wie er diesen Irrsinn an Darm und Kopf, diesen Irrsinn an Leib und Leben, behandeln soll. Doktor Doof weiß nur, dass er nichts weiß. Manchmal weiß er noch nicht einmal, ob er sein Behandlungszentrum der Utopie weiterführen kann und soll. Denn er weiß auch nicht, wie er mit dem Kranken darin umgehen soll, weil er am Kranken daran nichts ändern kann. Aber Doktor Doof wäre nicht Doktor Doof, wäre er nicht doof. Das ist das Verrückte und das Kranke an ihm, denn er denkt zuweilen nach, was er ja nur uneigentlich tut, weil er es ja eigentlich gar nicht soll, weil die, die nicht wollen, dass er das soll, nicht wollen, dass er das tut. Trotzdem hat er gedanklich vorgesorgt. Sollte er aufgrund der allgegenwärtigen Krankheit, dieser Seuche, die nicht zu retten ist, einmal tatsächlich sein Behandlungszentrum der Utopie schließen, macht er einfach einen Sexshop auf! Ganz einfach ein anderes Behandlungszentrum der Utopie. Denn Kranke behandelt man am besten mit Therapieformen, die sie am meisten interessieren! Das fördert die Therapietreue und verbessert die Chancen auf Heilung. Denn was interessiert die Menschheit, außer Geld, Sex and Crime, sonst noch? Nichts! Eben! In einem Sexshop finden die Kranken wirklich alle Heilung fördernden Therapiemethoden. Anstatt der riesigen 3-B Dildos, die sie sich tagtäglich einrammen lassen müssen, finden sie hier ähnlich geartetes Werkzeug, das sie sich nun sogar mit Lustgewinn selbst einführen können. Und das auch noch mit Gleitgel, dass das Ganze auch einfacher abläuft. Ganz zu schweigen von den vielen optischen Reizen auf allen Ebenen, die ihnen hier therapeutisch geboten werden, die die Fantasie anregen. Fantasie, etwas, was es in der eigentlichen Welt eigentlich gar nicht gibt, was aber die Salutogenese immens fördert. Denn Corpore sano per mentem sanam[5]. Wer nun endlich seinen Maulkorb abgelegt hat und wütend herumkläfft, das sei total verrückt, dem kann ich nur entgegnen: Stimmt! Das ist total verrückt. Man möge es nur einmal ausprobieren und man wird sehen, wie gut diese Verrücktheit hilft, gesund zu werden, gesund zu bleiben und seine und der Welt eigentlichen Krankheiten zu vergessen!

Geldkrank

Systemkritik beginnt da, wo Systemfehler zu Systemkrankheiten werden. Und die Krankheiten liegen in der Tat im System begraben, tief begraben. Sie finden sich allerdings im Detail und nur wenn man dieses Detail erkennt und behandelt, kann man die

Systemkrankheiten heilen. Und wie immer ist das Kranke daran das Kranke darin. Und das Kranke findet sich allüberall in der Welt, in den Behandlungszentren und auch außerhalb davon. Die größte Krankheit ist die Geldkrankheit, von dem es nie genug gibt. Geld regiert die Welt, weil es das Wichtigste auf der Welt ist. Ohne Geld kein Leben, denn es heißt ja so schön Geld oder Leben![1] Und die wundersame Geldvermehrung ist, im krassen Gegensatz zur wundersamen Brotvermehrung[2], im Grunde gar nicht wundersam, sondern wirtschaftlich wichtig. Es ist der Lauf der Dinge und an diesem müssen alle teilnehmen, um an der Macht des Geldes teilhaben zu können. Also machen alle, die an dieser Macht teilhaben wollen, und alle sind alle, bei diesem Lauf mit und machen jeden Scheiß mit. Denn Scheiße zu Geld zu machen ist eine Lebensaufgabe und wichtiger als das tägliche Brot. Dafür ist jedes Mittel recht, auch jede Technologie und weil diese Mittel mittels dieser Technik so wichtig sind und man alles recht und richtig machen möchte, passt man sie ständig neu an, diese Technologie. Und fördert damit nicht nur das Wirtschaftswachstum, sondern auch das Wachstum des Irrsinns! Denn die, die sich ständig mit dieser Technologie auseinandersetzen müssen, um an diesem Lauf des Geldes teilnehmen zu können, werden dadurch quasi in den Irrsinn getrieben und können deshalb ihren Geldgeschäften nicht mehr nachgehen.

Ich frage mich, wo der Sinn dahintersteckt, wenn das System die, die das Geld ins System bringen, in den Irrsinn treibt. Treibt man diese in den Irrsinn, sind sie irgendwann nicht mehr Herr ihrer Sinne und geben auf. Und wenn sie aufgeben, Geld ins System zu pumpen, läuft das System doch irgendwann leer. Oder? Zum Erhalt seines Systems sollte das System doch die, die das System fördern, indem sie Geld in dieses pumpen, fördern und nicht durch ständige Systemerneuerungen krank machen! Oder? Oder liege ich mal wieder, wie fast immer, falsch damit?

Ich führe ja tagtäglich Einzelgespräch. Sehr viele. Und diese Einzelgespräche machen mich glauben zu wissen, dass ich gar nicht so falsch liege. Massengespräche führe ich nicht, denn ich bin nicht massentauglich. Aber die Systemfehler und die Systemkrankheiten sind auch keine Masseneffekte und Massendefekte, sondern liegen im Detail, ganz offensichtlich. Wer allerdings an Massen interessiert ist, Massen an Geld durch Massen an Kunden und Käufern oder Massen an Wählerstimmen, weiß gewiss den Wert des Einzelnen und den des Geldes nicht mehr zu schätzen und liegt damit voll im Trend. Immer höher, immer weiter und immer schneller und vor allem immer mehr, mehr, mehr. Aber mich als Detailverliebten machen diese Masseneffekte nicht im Geringsten an. Ganz im Gegenteil.

Und damit meine Kritik auf den Punkt gebracht:

1. Ich habe mich wie die Sau über ein Geldinstitut geärgert.

1.1 Weil sie ständig etwas ändern müssen, womit ich nicht klarkomme, und bin ich endlich damit klargekommen, kommen sie schon wieder mit etwas Neuem daher, womit ich wiederum nicht klarkomme.

2. Ich scheiß auf die ständigen Erneuerungen, auf ständig neue Codes, Passwörter und Gesichtserkennungsmasken. Ich will einfach arbeiten! Und da es bei mir als Geschäftsmann wie bei allem und jedem nur ums Geld geht, muss ich natürlich mit meinem Konto arbeiten können.

3. In der Zeit, in der ich nicht mit meinem Konto arbeiten kann, weil irgendwelche unter 2. genannten Dinge ausprobiert werden müssen, kann ich keine Gehälter überweisen, keine Rechnungen bezahlen und muss dafür beim nächsten Mal mehr bezahlen, weil die Skonto-Zeit vorüber ist. Und noch nicht einmal die Geschäftsabrechnung kann ich machen.

4. Ich ärgere mich nicht oder vielmehr versuche ich es nicht zu tun. Denn viel mehr als Mensch bin ich Geschäftsmann und in erster Linie am Geld interessiert. Geld muss nur eines: Es muss fließen! Da ich mit einem dekodierten, zum Fatal Error deinstallierten Kontozugang nicht mit meinem Konto arbeiten und Geld fließen lassen kann, will ich, dass von denen, die für diesen Error verantwortlich sind, eine Entschädigung in Form von Geldfluss, das auf mein Konto fließt.

Alles andere macht mich krank. Geld ist das beste Heilmittel!

Symptome

Das Kranke daran ist in der Tat das Kranke darin. Dieser Zauber wohnt jeder Krankheit inne. Und auch in Doktor Doofs Behandlungszentrum der Utopie ist das so und selbst Doktor Doof bleibt von diesem Zauber nicht verschont. Muss er sich doch tagtäglich mit diesem kranken Irrsinn auseinandersetzen. Da bleibt es natürlich nicht aus, dass diese Krankheit des Irrsinns auf ihn abfärbt und er sich dem Wahnsinn nähert. Er sitzt quasi auf gepackten Koffern. So wie einst der russische Komponist Dimitri Schostakowitsch[1] eine Zeit lang auf gepackten Koffern saß, um jederzeit vom Irrsinn des Stalinterrors abgeholt zu werden, so sitzt Doktor Doof auf seinen gepackten Koffern, um jederzeit von den 3-B dieser Bananenrepublik abgeholt und in das nächste Irrenhaus gesteckt zu werden. Doch im Grunde macht ihm das nichts aus, wähnt er sich dort doch gut aufgehoben. Drei Mahlzeiten am Tag, ein Bett zum Schlafen, Zeit, Bücher über den Schwachsinn zu lesen und verrückte Geschichten zu schreiben.

Daneben jede Menge gleichgesinnter Irrer, mit denen man sich endlich einmal vernünftig unterhalten kann. Man sieht, Doktor Doof ist mittlerweile durch seine langjährige Beschäftigung mit Krankheiten und dem Irrsinn mit diesem Irrsinn, diesem zum Wahnsinn führenden Irrsinn, bestens vertraut, so vertraut, dass ihn nichts mehr schocken kann. Selbst seine eigene Verrücktheit kann ihn noch nicht einmal mehr schocken, was manch anderer als doof empfindet, aber deswegen ist er nun mal Doktor Doof. Und Doktor Doof denkt aufgrund seiner Verrücktheit weiter über den Irrsinn dieses kranken Systems und der durch dieses System irrsinnig gemachten Kranken, was man Systemkrankheit nennt, nach. Und findet seine Idee, einen Sexshop als Behandlungszentrum der Utopie zu eröffnen, gar nicht so abartig. Denn in der Tat fördern die dort erhältlichen Heilmethoden eher den Lustgewinn als die Unlust erzeugenden Einläufe aller 3-B dieser Erde. Ganz zu schweigen von allen nur erdenklichen Gegenständen, die Mensch sich aus Frust zum Lustgewinn gerne einführt, seien es nun Pfeffermühlen, Flaschenhälse, Deo Spraydosen oder bei Vegetariern und Veganern gerne Salatgurken. Das alles sind Tatsachen. Aber gesund ist es bestimmt nicht. Und gesund wollen doch alle so gerne sein, unsterblich gesund. Dafür gibt man doch gerne auch Geld aus und warum nicht dort ausgeben, wo es therapeutisch sinnvoll und besonders wertvoll erscheint? Und die Methoden zur Lustgewinnung sind die Methoden zur Salutogenese schlechthin, denn Lust erzeugt Motivation, weil die Motivation zur Lustgewinnung groß, über allen Maßen groß ist. Und alle Krankheiten und in erster Linie die uneigentlichen Krankheiten sind eigentlich motivational[2] bedingt. Keiner kann dies besser beurteilen als Doktor Doof, weil er sich ständig damit auseinandersetzt und darüber nachdenkt, weil er sich zwangsläufig ständig damit auseinandersetzen und deshalb darüber nachdenken muss. Er hat im Grunde gar keine Chance, normal zu werden und zu sein. Und wie sollte er auch? Sind doch die 3-B, die im Laufe der Evolution des Menschen gewachsenen 3-B, die über Leben und Tod des Menschen bestimmenden 3-B, hochgradig krank und können gar nicht anders, als den Menschen höchstgradig krank zu machen. Und der Irrsinn ist nur eine Facette, nur ein Symptom dieser über allen Maßen höchstgradig verrückten Krankheitsagenzien[3]. Man kann sich regelrecht durch die Symptome, die diese hochpathologischen 3-B erzeugen, durch das Alphabet hindurch gendern. Und fangen am besten mal gleich damit an.

Welche Symptome finden wir denn da?

A wie Angst.

B wie Bürokratie und wie Blödsinn.

C wie Chaos.

D wie Dummheit.

E wie Eloquenz.

F wie Flatulenz.

Und alle diese Symptome hängen untereinander miteinander zusammen, sie korrelieren quasi miteinander. Und das mit den höchsten Korrelationskoeffizienten[4]. Unter Korrelation versteht man in der Mathematik einen statistisch, mithilfe der Wahrscheinlichkeitsrechnung, zu erfassenden Zusammenhang zwischen bestimmten Erscheinungen. Und die Symptome, die durch die 3-B hervorgerufenen Symptome, lassen sich statistisch erfassen und sind somit wissenschaftlich verwertbar. Denn die Häufigkeiten, mit denen diese Symptome in sämtlichen Behandlungszentren dieser Welt auftauchen, sind Legion. Wenn man sie schriftlich festhalten würde, wären sie zahlreicher als sämtliche Gesetzestexte, die die Grundlage sämtlicher 3-B bilden! Und das alles zusammen kann, letzten Endes, nur Angst auslösen, eines der häufigsten Symptome überhaupt! Denn der ganze bürokratische Blödsinn, der im Chaos endet, aufgrund lauter Dummheit im Chaos endet, kann nur Angst erzeugen. Und wenn dieser Blödsinn noch mit höchster Eloquenz propagiert wird, kann er nur in Flatulenz enden, in lautem Getöse und mit viel heißer Luft und viel Lärm um nichts. Diese Eloquenz, der im Grunde nur Dummheit zu Grunde liegt, kann nur in Bürokratie und im Chaos enden. Und dieser ganze Blödsinn erzeugt nur Flatulenz, wiederum einem sehr häufigen Symptom, was sehr große Angst erzeugt, weiß man doch nicht so recht, damit umzugehen. Und das endet erneut in der Eloquenz, der man sich aus Angst vor dem Chaos der Dummheit bedient, um nicht, durch die durch sie erschaffene Bürokratie, dem Blödsinn zu verfallen. Was für ein Blödsinn! Aus Angst davor, aus Dummheit dem Chaos der Bürokratie zu verfallen, bedient man sich der Eloquenz, um damit seine Flatulenz zu überspielen! Denn Flatulenz ist peinlich, davor hat man große Angst, deshalb gibt man lieber aus Dummheit mit höchster Eloquenz den Blödsinn dem Chaos der Bürokratie preis. Man sieht, wie statistisch signifikant und wissenschaftlich wertvoll das Ganze ist, kann man dieses Spielchen doch immer weiter und weiter treiben. Und wir sind erst beim Buchstaben F angekommen! Aber keine Angst, es geht schon noch weiter. Denn dem Chaos der Bürokratie sind weder Dummheit noch Blödsinn gewachsen. Und deswegen braucht Doktor Doof jetzt erst mal eine kleine Pause. Er muss seine Eloquenz abstellen und sich vorübergehend seiner Flatulenz widmen.

Lebensprobleme

Woran erkennt man, dass Krankheiten Lebensprobleme sind?
Dadurch, dass sie in allen Behandlungszentren dieser Welt auftauchen. Woran erkennt man, dass Lebensprobleme Krankheiten sind? Dadurch, dass sie im Behandlungszentrum der Utopie
bei Doktor Doof auftauchen. Denn nur er erkennt diese als solche! Und Lebensprobleme gibt es viele auf der Welt, unendlich
viele und damit auch unendlich viele Krankheiten und die meisten Lebensprobleme sind eigentlich gar keine eigentlichen
Krankheiten, deswegen sind sie uneigentliche Krankheiten, weil
sie eigentlich Lebensprobleme sind und keine Krankheiten.
Denn diesen Sachverhalt, der eine Tatsache ist, erkennt nur Doktor Doof. Und da Doktor Doof einfach zu doof ist, Sachverhalte
zu definieren, bedient er sich ganz einfach bereits bestehender
Definitionen. Und wer weiß mehr über Krankheit und Gesundheit Bescheid als die WHO?[1] So definierte die WHO schon 1948
Gesundheit wie folgt: Gesundheit ist ein Zustand völligen psy-
chischen, physischen und sozialen Wohlbefindens und nicht nur
das Freisein von Krankheit und Gebrechen. Man sieht, Doktor
Doof hat es sich mal wieder, wie immer, sehr leicht gemacht und
sich des ockham'schen Sparsamkeitsprinzips bedient. Er hat
nämlich die deutlich einfachere Definition, die der Gesundheit,
gewählt. Somit spart er an Argumenten und damit auch an
Schwachsinn. Denn nach der utopischen Gesundheitsdefinition
der WHO ist im Grunde alles und jeder krank und nichts und
niemand gesund. Aber das wusste Doktor Doof schon bevor er
um die Definition der WHO wusste. Und 1986 legte die WHO in
der Ottawa Charta[2] noch einen drauf: Gesundheit ist die Fähigkeit und die Motivation, ein wirtschaftlich und sozial aktives Leben zu führen. Allerdings weiß Doktor Doof schon lange, dass
Fähigkeit und Motivation in bananenrepublikanischen

Gesellschaften Nonsens-Begriffe sind. Motivational sind eher uneigentliche Erkrankungen, mit der Motivation, einen Zweck zu erzielen, ohne eine Leistung zu erbringen. Das sind, natürlich, wie immer, Tatsachen, in die die Welt bekanntlich zerfällt. Und dieser Zerfall ist durch nichts aufzuhalten, dieser durch Leistungslosigkeit bedingte Zerfall ist wirklich durch nichts aufzuhalten. Darin besteht die große Fähigkeit dieser Leistungslosgesellschaft. Das ist sogar politisch so gewollt. Aber von Politik versteht Doktor Doof nicht die Bohne, deshalb versteht er auch davon nichts. Und da ihm der Sachverstand hierfür fehlt, rückt er auch von diesen sachverständigen Definitionen der WHO zu Gesundheit und Krankheit, diesen durch Dutzende von sachverständigen Expertengremien in elaborierter[3] Sprache erarbeiteten Gesundheitscodes, wieder ab. Zumal zum Thema Lebensprobleme in diesen Definitionen nicht ein Wort erwähnt wird. Man sieht, selbst die WHO, dieses Expertengremium der Expertengremien zum Thema Gesundheit und Krankheit hat, wie alle Expertengremien, mal wieder voll den Durchblick. Wäre für Doktor Doof ja auch zu schön, könnte er sich einmal einer Expertenmeinung bedingungslos anschließen. Aber dafür ist er einfach zu doof, Doktor Doof. Deswegen bedient er sich nicht der Meinungen der Experten zum Thema, sondern eines Philosophen, mit dem er im Grunde gar nicht viel anfangen kann: Kant[4]! Habe Mut, dich Deines Verstandes zu bedienen! Das sagt Kant zu Doktor Doof und dieser kramt in seiner supratentoriellen[5] Leere nach einem Pünktchen Verstand, dessen er sich bedienen könne. Und weiter ruft Kant den doofen Doktor mit dem kategorischen Imperativ[6] auf, nur nach derjenigen Maxime zu handeln, durch die Du zugleich wollen kannst, dass sie ein allgemeines Gesetz wird. Und Kant ruft den Doofy nicht nur auf, nein er schreit es ihm förmlich ins Gehör und ins Gehirn. Allerdings hat Doktor Doof mit Kant ein noch viel größeres Problem, ein größeres Problem mit dem Königsberger Klopse[7], als er es mit Wittgenstein hat. Denn von dem Königsberger versteht er 99,999999 % nichts, von 999 seiner 1000-seitigen Werke hat er nicht die geringste Ahnung, was sie eigentlich aussagen. Dafür ist Doktor Doof zu doof. Aber irgendwas scheinen sie dennoch für ihn auszusagen, sonst würden ihn diese Aussagen nicht so sehr beeindrucken. Habe Mut, dich Deines Verstandes zu bedienen! – Verstand. Häh? Denkt Doktor Doof. Wat ist dat denn? Doktor Doof hat nicht viel davon, deswegen hat er ja seinen Namen erhalten. Und Verstand in der Welt, wie sieht es damit aus? Nun, von der Welt versteht er nicht viel; etwas vielleicht von Gesundheit und Krankheit, das bringt sein Job einfach so mit sich, learning by doing. Aber wo, bitte schön, findet sich Verstand in Krankheit und Gesundheit? Wo im Gesundheitswesen? Wenn er Verstand hätte, könnte er vielleicht verstehen, wo man ihn findet, aber da er nun mal nicht viel davon besitzt, kann er es einfach nicht verstehen. Hier sind große Geister gefragt, solche, die Kant besser verstehen. Nun, die großen Geister verstehen ihn vielleicht besser als Doktor Doof, aber tun sie auch etwas, weil sie verstehen, was er sagt? Puh, eine echt schwierige Frage! Große Geister und deren Denken, Tun und Handeln sind einfach nicht das Ding von Doktor Doof. Da bleibt er doch besser bei den einfachen Dingen und den einfachen Problemen. Den Lebensproblemen. Denn diese sind im Grunde ganz einfach. Lebensprobleme gibt es, wie bereits mehrfach erwähnt, wie Sand am Meer. Jedes Problem kann zum Lebensproblem werden. Und da es in der realen Welt keine Lösung der Lebensprobleme gibt, was Wittgenstein bereits richtig erkannt hat, landen diese in den utopischen Problemlösezentren dieser Welt und somit bei Doktor Doof. Und Lebensprobleme sind echte Probleme. In der Tat! Eine durchsoffene Partynacht, nach der man am folgenden Montag nicht arbeiten kann, ist ein riesiges Lebensproblem. Ein solches

Lebensproblem kann, motivational bedingt, regelrechte Lebensproblemsymptome wie Durchfall, Verstopfung, Völlegefühl, Brechreiz, Bauch- und Kopfschmerzen, Bocklosigkeit, um einige der folgenden 1000 zu nennen, hervorrufen, weswegen man unter keinen Umständen arbeiten kann. Und die Gesellschaft hat Verständnis dafür und versteht das und hat deshalb den gelben Schein erfunden, der seit kurzer Zeit auch digital verschickt wird, so dass die armen Kranken mit ihren Lebensproblemen keine Last damit haben. Und Doktor Doof stellt diese Bescheinigungen auch bedingungslos aus, denn zum Erhalt seiner eigenen Gesundheit unterlässt er das Diskutieren mit Verpissern. Sollen die sich doch verpissen, dann hat Doktor Doof wieder seine Ruhe! Denn Ruhe ist die Grundvoraussetzung, um gesund zu werden und gesund zu bleiben. Nur, wo ist die Ruhe in der Expertendefinition der WHO, liebe Experten?

Nun, Lebensprobleme, die zu uneigentlichen Krankheiten mutieren, gibt es wirklich so viele wie Galaxien im Universum. Doktor Doof weiß gar nicht, wo er anfangen soll. Vielleicht damit? Ein typisches Lebensproblem im Behandlungszentrum der Utopie ist Arbeitsfrust durch Mobbing oder ähnlichen Psychoterror. Auf nicht mehr arbeiten können folgt nicht mehr arbeiten wollen, folgt nicht mehr arbeiten, folgt kündigen, folgt krank sein wollen, folgt voll krank sein. Das uneigentlich Kranke daran ist wieder mal das Kranke darin, im System, Systemkrankheit. Und wo sind die uneigentlich Kranken mit diesem Sachverhalt besser aufgehoben als im Behandlungszentrum der Utopie von Doktor Doof? Er kennt sich einfach mit uneigentlichen Erkrankungen am besten aus und hat, meistens, eine Lösung dafür. Aber die Experten? Das ist für ihre Eloquenz nicht der Rede wert. Für die sind das nur Flatulenzen, diese Lebensprobleme. Vor allem für die Eloquenzbestien mit den Diäten sind diese Lebensprobleme nur Flatulenzen, nur Schall und Rauch. Also kümmert sich

Doktor Doof um diese Lebensprobleme und handelt nach seiner Maxime, durch die er zugleich will, dass sie ein allgemeines Gesetz werde. Trotzdem stößt er damit bei denen, die für die allgemeinen Gesetze verantwortlich sind und dafür Diät halten, auf taube Ohren. Auf taube Ohren deshalb, weil sie durch ihre lautstarken Verbalflatulenzen schon taub geworden sind und vor lauter Eloquenz ihren Verstand, dessen sie sich eigentlich bedienen sollten, vollständig verloren haben. Und Doktor Doof weiß mal wieder: Worüber man nicht sprechen kann, darüber muss man schweigen. Also schweigt er wieder mal. Und lässt die 3-B als Scheuklappen dieser Scheuklappengesellschaft weiter wurschteln. Was sollte er auch anderes tun?

Utopia I

Und weiter rollt er, der Gesundheitsexpress. Rollt er, ins Gesundheitszentrum der Utopie, das im Grunde ein Zentrum der Illusion ist, so wie diese kranke Bananenrepublik die Illusion einer Banane ist. Und das faule an Bananen ist: Sie halten nicht ewig, sie werden irgendwann faul, verrotten und sind nicht mehr genießbar. Und genießt man sie dennoch, wird man dadurch unheilbar krank. Man sollte sich einfach nicht an faulen Bananen versuchen, wie man sich grundsätzlich auch nicht an faulen Bananenrepubliken versuchen sollte. Aber es ist im Leben so manches Mal wie im richtigen Leben, für manches hat man die Qual der Wahl, den Genuss fauler Bananen zu unterlassen, für wiederum ein anderes Mal nur die Wahl der Qual, nämlich Genießer einer Bananenrepublik zu sein. Diesem Genuss kann sich leider keiner entziehen. Und man wird dadurch ohne

Chance auf Heilung krank. Denn ist man einmal Stammgast in diesem Gourmettempel[1] einer Bananenrepublik geworden, kommt man nicht umhin, am Menü teilzunehmen. Und dieses Menü ist schwer verdauliche Kost. Denn Bananenpubliken sind zubereitet aus den Zutaten Bürokratie, Borniertheit und Berufsschwachmatentum und bieten als ersten Gang Behaglichkeit, als zweiten Gang Beschaulichkeit und als dritten Gang Bürgertum. Und Letzteres fährt voll ab auf dieses 3-Sterne Menü, echt! Was man vorgekaut bekommt, kaut man genüsslich nach, auch wenn es schwer zu schlucken und noch schwerer zu verdauen ist. Aber auch die beste Leibspeise macht zuweilen Leibschmerzen, dann nämlich, wenn die Leibeswinde stecken bleiben. Wenn die Scheiße im Darm quer stecken bleibt, wie es der Literaturnobelpreisträger Peter Handke in der Stunde der wahren Empfindung[2] so schön schildert. Aber Flatulenzen sind nun mal nicht nur Peinlichkeiten, sie sind auch Krankheiten, peinliche Krankheiten oder kranke Peinlichkeiten, that depends on the Perspective! Und das tut auch gar nichts zur Sache, welchen Standpunkt man zu diesem Sachverhalt einnehmen mag, denn es ist mal wieder eine Tatsache. Tatsächlich machen kranke Systeme krank, systemkrank. Und Systemkrankheiten, selbst wenn sie nur heiße Luft sind, die nicht aus dem Druckkessel entweichen will, sind unheilbare Krankheiten, auch im Behandlungszentrum der Utopie und nicht zu therapieren. Doktor Doof, nach so vielen gescheiterten Versuchen, unternimmt schon gar keinen Versuch mehr, diese behandeln zu wollen. Denn erstens will er das gar nicht. Zweitens soll er das auch nicht. Denn wo kämen wir denn hin, wenn er anfangen würde, die Kranken des Systems zu heilen, von denen das ganze System in seiner Systemkrankheit will, dass sie unheilbar krank bleiben? Das wäre ja noch schöner! Denn wo keine Krankheit, da kein System und wo ein System, da, in jedem Fall, Krankheit. Und wo keine Krankheit, da keine

Qual, und wo keine Qual, da keine Wahl und wo keine Wahl, da keine Wählerstimmen. Man sieht mal wieder, es ist quasi niemals zu übersehen: Das Kranke daran ist das Kranke darin! Und so quälen sich die Gequälten, wenn sie die Qual der Wahl haben, mit ihren Stimmgabeln in der ihnen aufgetischten Kost der zu wählenden Systemkrankmacher, auf deren Stimmzetteln herumzustochern und durch diese schwer verdauliche Kost nicht krank an Leib und Leben zu werden. Das macht allerdings überhaupt nix, denn sie sind alle schon krank, krank an Leib und Leben! Systemkranke eines kranken Systems, unheilbar uneigentlich krank. Und da sie unheilbar und uneigentlich krank sind, landen sie, wo denn sonst, im Behandlungszentrum der Utopie, das ja eigentlich ein Behandlungszentrum der Illusion ist, bei Doktor Doof. Sie landen in Doktor Doofs Utopia! Und weil er, zwangsläufig, über diesen ganzen Irrsinn da draußen, der, zum Schwachsinn geworden, zu ihm nach Utopia kommt und um Heilung seiner Geisteskrankheiten nicht nur bittet, nein, sie regelrecht erwartet, nachdenkt, schreibt er einfach darüber, über diese Utopie. De Optimo Rei Publicae Statue deque Nova Insula Utopia. Und wieder einmal hat er abgeschrieben, bei Thomas Morus[3]. Denn seine in seiner, Thomas Morus', Utopia beschriebenen Gesellschaft mit demokratischen Grundzügen, basierend auf rationalen Entscheidungen, Gleichheitsgrundsätzen, Arbeitsamkeit und dem Streben nach Bildung fasziniert Doktor Doof. Irgendwie stellt er sich seine Welt so vor. Doch irgendwie ist die Welt da draußen nicht seine Welt, das stellt er immer wieder fest, wenn die Welt da draußen mit ihren Problemen da draußen, wahrhaften Lebensproblemen, zu ihm ins Behandlungszentrum der Utopie kommt. Und seine Utopie, die Welt da draußen seiner Utopie angleichen zu wollen, ist im Grunde eine Illusion. Aber diese Illusion will er keinem nehmen. Sich nicht und der Welt da draußen, wenn sie bei ihm drinnen ist, nicht

nehmen. Und deshalb denkt er weiter nach und schreibt an seinem Utopia!

Nosologie III

Zurück, zurück von der großen philosophischen Weltenbühne
des Thomas Morus in die kleine beschauliche Welt, das kleine
Welttheater[1] des Doktor Doof. Und zurück von den großen
Weltenthemen hin zu den kleinen Problemen des kleinen Behandlungszentrums der Utopie. Und wieder zurück zu den
Krankheiten, den uneigentlichen Krankheiten einer eigentlich
kranken Welt mit unzähligen eigentlich Kranken. Zurück zur
Nosologie, zur Auseinandersetzung mit dem eigentlichen Kranken. Lasst uns weiter durch das Alphabet der Systemkrankheiten gendern. Stehen geblieben sind wir bei F wie Flatulenz. Und
weiter geht's mit einem Sixpack, beginnend mit dem Buchstaben
G:

G wie geisteskrank
H wie hirnrissig
I wie Irrsinn
J wie Jasageritis
K wie Katastrophe
L wie lustlos

Und Doktor Doof sieht diese uneigentlich Kranken, die so gerne
eigentlich krank sein möchten und eigentlich auch krank sind,
jeden Tag, tagtäglich. Was natürlich hirnrissig ist, denn mit Geis-
teskranken, lustlosen Jasagern sich auseinanderzusetzen, ist

natürlich irrsinnig und kann nur in der Katastrophe enden. Und die Katastrophe ist, dass er diese Jasager nicht nur sehen, sondern sich sogar mit ihnen unterhalten muss, denn mit Hirnrissigen sich zu unterhalten, sich mit dem Irrsinn zu unterhalten, macht den Doc nicht nur lustlos, nein, es macht ihn geisteskrank. Und wegen dieser, seiner zu erwartenden Geisteskrankheit hat er, um sich diesem Irrsinn zu beugen, weil er ein Jasager ist, was er zwar als irrsinnig empfindet, aber nichts dagegen tun kann, um dieser Katastrophe zu entgehen, lustlos seine Tasche für die zu erwartende, stationäre Aufnahme in die Psychatrie gepackt und trägt sie ständig mit sich herum. Omnia mea mecum porto![2]

Im Falle von Doktor Doof ist das nicht viel, weniger, als Diogenes von Sinope[3] in seiner Tonne mit sich herumträgt. Der Mensch Doktor Doof, der nicht viel mehr als ein Mensch ist, hat diese Zeichen der Zeit für sich erkannt und versucht diese, noch bevor er in die stationäre Psychiatrie eingewiesen wird, in seinem Behandlungszentrum der Utopie umzusetzen. Die einfachsten Behandlungsmethoden, die man schon seit der Antike kennt, und die, möglicherweise, schon Diogenes von Sinope geholfen haben, seinen Irrsinn zu überwinden. Es sind die Elemente, Luft, Erde, Wasser, Feuer.[4] Und diese Elemente helfen als Behandlungsmethoden, helfen bei jedem Irrsinn, jeder Geisteskrankheit und sei sie auch noch so hirnrissig, und helfen jedem Jasager und sei er auch noch so lustlos, vor der Katastrophe. Und Doktor Doof hat sich vorgenommen, diese Behandlungsmethoden der Utopie, in seinem Behandlungszentrum der Utopie, knallhart durchzusetzen! Und schneidet damit, mit Ockhams Rasiermesser, die Millionen von überflüssigen Behandlungsmethoden, die werbewirksam tagtäglich auf den Markt geworfen werden, einfach ab. Das hat er für sich erkannt! Denn krankt das kranke individuelle oder kollektive Krankheitssystem daran, dass zu viel Druck auf dem Kessel ist, lässt er einfach die Luft raus. Und schon geht es dem System wieder besser. Man sieht: Ganz einfach, aber sehr effektiv! Und neigt ein System dazu, aufgrund des bedingungslosen Ja zum Irrsinn, dieser hirnrissigen, lustlosen, in die Katastrophe mündenden Geisteskrankheit, abzuheben, haltlos abzuheben, erdet er einfach dieses, indem er Erde auf dieses schüttet und es damit unter seinem eigenen Stumpfsinn begräbt. Man sieht, kinderleicht! Die Schaufel hierzu bekommt man in jedem Eisenwarenladen oder Baumarkt. Und läuft das System heiß, kühlt er es ab mit Wasser, löscht es gewissermaßen aus. Man sieht: Die Feuerwehr gab es bereits bei den alten Griechen. Und neigt das System dazu, unter seiner eigenen Gefühls- und Verstandeseiseskälte zu erstarren, macht er ihm einfach Feuer unter dem Hintern. Phänomenal, phänomenal einfach! Doktor Doof versteht die großen Philosophen und deren große Philosophie zwar nicht, aber nimmt sie trotzdem gerne in sein utopisches Behandlungskonzept auf. Und das Gute bei Doktor Doof ist: Er denkt nicht nur über diese philosophischen Behandlungskonzepte nach, nein, er setzt diese sogar in die Tat um, im Gegensatz zu den Philosophen und auch den Eloquenzbestien. Das ist ganz schön doof für die. Und deswegen ist Doktor Doof Doktor Doof.

Datenschwachsinn

Wenn man sich permanent mit Krankheit auseinandersetzt, fragt man sich zwangsläufig: Woher? Nun, wenn man sich fragt, wo die ganzen Krankheiten eigentlich herkommen, muss man sich natürlich grundsätzlich fragen, wo alles herkommt. Man fragt sich, woher kommt das Kranke, das Böse, das böse Kranke in der

Welt? Für die, die daran glauben, ist das einfach. Das Böse ist das vom Glauben an das Gute abgefallene. Der Teufel ein von Gott abgefallener Engel. Und mit dem Abfall vom Allmächtigen kam das Böse und somit das Kranke in die Welt. Doktor Doof ist aber zu doof, um diesen Schwachsinn zu verstehen, denn es macht für ihn keinen Sinn, weshalb jemand oder etwas, der oder das allmächtig ist, zulassen kann, dass überhaupt etwas von ihm abfällt. Dieses Problem, und das nur so nebenbei, haben manche sich allmächtig fühlenden Politiker natürlich auch. Und auch hier kann man wieder einmal fragen, wer zuerst da war, die Henne oder das Ei, Gott oder der Politiker. Aber genug von diesem Schwachsinn, womit wir natürlich wieder beim Thema, dem Schwachsinn, sind. Woher kommt der ganze Schwachsinn? Antwort: Er entstand mit dem Urknall, war also schon immer da, von Anfang an und entstand zusammen mit Raum und Zeit. Er schwingt mit der kosmischen Hintergrundstrahlung[1] immer noch mit und flimmert mit dieser immer noch über alle Bildschirme und Mattscheiben. In der Tat, für die Entdeckung der kosmischen Hintergrundstrahlung als Hinweis auf den Urknall gab es im Jahre 1978 den Nobelpreis für die Physiker Arno Penzias[2] und Robert Wilson[3], das ist echt kein Schwachsinn, sondern eine Tatsache. Für den Sachverhalt, dass der Schwachsinn mit dem Urknall und mit Raum und Zeit in die Welt kam und bis heute mit der kosmischen Hintergrundstrahlung weiter schwingt, für die Aufdeckung dieses Sachverhaltes durch Doktor Doof, gab es bislang für Doktor Doof allerdings keinen Preis zu gewinnen, noch nicht einmal eine Banane. Und dieser Sachverhalt ist für eine Bananenrepublik wiederum nicht unüblich, obwohl man den Aufklärer dieses Sachverhalts eigentlich mit den höchsten Ehrungen überhäufen sollte. Da sieht man mal wieder, wie viel der Gesellschaft die Aufdeckung des Schwachsinns wert ist: Nichts! Und dies, obwohl der Schwachsinn, die schlimmste Krankheit diesen, unseren Landes, diesen, unseren Systems, die Systemkrankheit schlechthin ist. Und Doktor Doof erkennt wieder einmal mehr, wie machtlos er ist. Er kann nichts dagegen tun. Und er erfährt es am eigenen Leibe und sichtbar für alle anderen um ihn herum. Denn Doktor Doof ist mittlerweile am ganzen Körper über und über tätowiert. Mit Passwörtern, Zahlencodes und Zugangsdaten. Denn das Kranke daran ist wieder mal das Kranke darin. Das Kranke darin in diesem System. Denn ohne Zugangsdaten und Zugangsberechtigungen keinen Zugang zu nichts mehr. Und die Daten und Codes, die man für diese Zugänge braucht, die sich ständig und in beschleunigter Bewegung und in immer kürzeren Intervallen erneuern und erneuert werden, die selbst die Erneuerer dieser Zugänge und Zugangsdaten irgendwann nicht mehr wissen, wozu sie sozusagen keinen Zugang mehr haben, all diese Daten muss man sich merken, oder wenn man sich das nicht merken kann, sie ablegen, wo sie irgendwo, dem Datenschutz unterliegend, datengeschützt liegen und sich merken, wo man sie hinterlegt hat, wozu man sich am besten irgendwo einen Datensatz hinterlegt, mit dem man sich merkt, wo man sich merkt, wo man das hinterlegt hat, was man braucht, um sich zu merken, welche Zugangsdaten man für welchen Zugang braucht, um Zugang zu seinen Daten zu erhalten. Und man braucht diese Daten, diese für jeden Zugang notwendigen Daten, damit sein Zugang zu seinen Daten nicht für jeden zugänglich ist, allüberall. Wirklich allüberall! Doktor Doof hatte letztens noch nicht einmal mehr Zugang zu seiner Toilette, da er seine Zugangsdaten verloren hatte und ihm deswegen der Zugang hierzu verweigert wurde. Was ganz schön peinlich, nicht nur für ihn, war.

Und da Doktor Doof sich diesen ganzen Datenwust, um Zugang zur Welt zu erhalten, nicht merken kann, da er gewissermaßen keinen Zugang zur Nutzung der Datenautobahn hat, da seine

Hirnkapazitäten für Daten aller Art und insbesondere für Nutzerdaten nicht mit dem exponentiellen Datenwachstum mitgewachsen sind, hat er vor kurzem angefangen, sich alle für irgendwelche Zugänge notwendigen Zugangsdaten, damit er nicht vergisst, wo er sie abgelegt hat, auf seine Haut zu tätowieren. Und obwohl er erst vor kurzem damit angefangen hat, ist mittlerweile sein ganzes Integument[4] mit Zugangsnutzerdaten volltätowiert, es gibt kein freies Fleckchen mehr auf seiner Landkarte. Das sieht nicht nur scheiße aus, es sieht total schwachsinnig aus. Somit ist er kein unbeschriebenes Datenblatt mehr. Aber was soll man machen? Wer nicht mit dem Fortschritt voranschreitet, bleibt rückständig. Da Doktor Doof dies, das fortschreitende Voranschreiten, jedoch nicht tut, ist er nun einmal doof. Und verrückt. Jedoch: Die Verrücktheit nicht zu leben, bringt keinen weiter, weder die Verrücktheit noch die Verrückten noch das Leben.

KAZK, KEGAZK und KEGAZK-PA

Es ist nicht so, dass Doktor Doof kein Verständnis für Krankheiten hätte, er hat zwar nicht voll Ahnung davon, wie das bestimmte Bevölkerungsschichten in ihrer Sprache formulieren, aber eine gewisse Ahnung hat er schon. Ist er doch nicht nur Arzt, sondern auch Patient und somit in jedem Fall Betroffener von Krankheit und des Systems. Da er Kranker in einem System und eines Systems ist, ist er somit auch Systemkranker. Er gehört sozusagen zum System dazu. Doch das System will gar nichts von seiner eigentlichen Krankheit wissen. Es will eigentlich gar nichts damit zu tun haben, denn er hat eine eigentliche

Krankheit, obwohl er sich eigentlich gar nicht krank damit fühlt und damit nur uneigentlich krank ist. Für das System allerdings, aus dem Grund eine eigentliche Krankheit, weil sie, diese Krankheit, die seine und nicht nur seine Krankheit ist, in den eigentlichen Lehrbüchern der eigentlichen Erkrankungen, als solche definiert und beschrieben ist. Aber trotzdem kann ihm eigentlich keiner helfen. Kein Psychiater, kein Psychologe kann das und die Beamtenmediziner, die an ihren Schreibtischen Schreibtischgutachten erstellen, ob jemand, der eigentlich krank ist, eigentlich auch krank ist, können es leider erst recht nicht, obwohl sie denken, es zu können und zu allem das letzte Wort haben.

Denn Doktor Doof ist bipolar!

Er hat eine bipolare Persönlichkeitsstörung. Der ICD-10[1] würde ihn als F31.0 klassifizieren. Zum Glück nicht höherklassig, nicht größer als F31.1. Und das aus dem Grund, weil er nicht sagt, was er machen würde, wenn er König von Deutschland wär`![2] Das bleibt diesem behaglich-, beschaulich-, bürgerlichen Land erspart! Und weshalb und wieso ist das so? Nun, die Klassifikation sagt eigentlich noch gar nichts aus. Nur uneigentlich weiß man, dass er abgeht wie eine Rakete, wenn man ihn mit Ärger zündet und dann so lange beschleunigt und beschleunigt weiterfliegt, bis er mit dem Kopf am Mond anstößt. Der Aufprall nimmt ihm dann schlagartig die Energie und er fällt auf die Erde zurück und bleibt dort liegen. Lustlos, antriebslos, motivationslos und energielos liegen. Die Wissenschaft nennt das dann Depression. Meinetwegen! Mag sie es nennen, wie sie das will, denn sie weiß ja nicht, wie das ist. Aber Doktor Doof weiß das, nur interessiert es keinen, dass er das weiß. Deshalb ist es nicht nur sinnlos, es ist schwachsinnig, wenn er darüber spricht. Denn über alles Uneigentliche haben Welt und Wissenschaft schon gesprochen und geschrieben und das Eigentliche daran interessiert sie nicht.

Deswegen mag das System mit dem System von Doktor Doof nichts zu tun haben.

Aus diesem Grund wendet er sich wieder von seinen Krankheiten ab und denen der anderen und des Systems zu. Am liebsten den uneigentlichen Erkrankungen, denn diese sind sowohl Individual- als auch Systemerkrankungen.

Beispiele hat er genug in seinem Arztkoffer und breitet beispielhaft mal einige auf seinem Arztschreibtisch aus und gibt diesen einen Namen, denn Sprache gibt dazu so einiges her. Was sich in der Sprache ausdrückt, können wir nicht durch sie ausdrücken.[3] Deshalb sagt er am besten manche Dinge gar nicht. Dinge, die Sachverhalte sind, zeigt er besser auf. Was gezeigt werden kann, kann nicht gesagt werden.[4] Und da Doktor Doof so sehr auf Akronyme steht, zeigt er anhand von Sachverhalten auf, was er damit meint. Es geht dabei aber immer um Krankheit, Individual- und Systemkrankheit. Ob das nun eigentlich oder uneigentlich krank ist, darf der Leser, wenn er es denn bis hierhergeschafft hat, einmal selbst entscheiden.

Es geht um die Akronyme KAZK, KEGAZK und KEGAZK-PA. Diese bezeichnen, nein, sie bezeichnen nicht nur, sie klassifizieren Krankheitszustände und Systemkrankheiten, denn die KEGAZK ist die Steigerung der KAZK. Und die KEGAZK-PA wiederum die Steigerung der KEGAZK.

Nun mal Butter bei die Fische[5] bitte! Sag einfach mal was das heißt! Sprich Klartext!

Also:

KAZK: Kevin-Allein-Zuhaus-Krankheit
KEGAZK: Kevin-Ganz-Allein-Zuhaus-Krankheit
KEGAZK-PA: Kevin-Ganz-Allein-Zuhaus-Krankheit
mit pathologischen Angehörigen

Häh? Nun, es bedarf einmal wieder einer ausführlichen Erklärung, was das bedeutet. Kein Problem, Doktor Doof kann diese geben. Ich, Doktor Doof, habe den Film Kevin allein zu Haus[6] leider nie gesehen, nur davon gehört. Aber der Titel gibt mir nicht nur die Vorstellung, alles darüber zu wissen, nein, durch den Titel weiß ich alles darüber. Obwohl ich weiß, dass ich nichts weiß! Mal wieder eine typische Kontradiktion, die an Schwachsinn grenzt. Schon sind wir wieder beim Thema: Schwachsinn! Denn die oben genannten Akronyme und deren Filmtitel im Klartext spiegeln ganz einfach einmal mehr diesen Schwachsinn, Irrsinn, Unsinn dieser Gesellschaft als Individual- und Systemkrankheit.

Unser Problem der Natur ist: Wir sind nie so alt, wie wir gerne sein wollen. Deswegen sind unsere geistigen und körperlichen Fähigkeiten auch nie so ausgeprägt, wie wir gerne hätten (Steigerung: wie wir wollen; Steigerung: wie wir überzeugt sind), dass sie wären. Was die Natur sich bei diesem Blödsinn, was sich der Allmächtige dabei gedacht hat, kann kein Mensch erklären! Nicht einmal die Wissenschaft kann das! Deswegen bedienen wir uns einmal mehr der Weltliteratur, um das folgende zu erklären. Wenn Ihr nicht werdet wie die Kinder[7], heißt es da so schön. Und das Problem ist: Wir werden wieder wie die Kinder, in der Tat und leider! Wir werden wieder so gewissermaßen. Zunächst sind wir Kinder, dann, im weiteren Lebenslauf und dem Voranschreiten von Zeit und Raum, wachsen unsere geistigen und körperlichen Kompetenzen. Mit diesem Wachstum im Raum vergessen wir allerdings, dass wir Kinder waren, Wachstum und Vergessen sind somit umgekehrt proportional. Allerdings gleicht der Verlauf des Wachstums der geistigen und körperlichen Kompetenzen eines Menschen mathematisch der Funktion $f(x) = 1/(1+x^2)$! Das ist eine sogenannte Versiera[8]-Kurve, anlehnend an die italienische Mathematikerin Maria Agnesi[9], auf die ich im weiteren Verlauf nochmals zu sprechen kommen werde. Was heißt das jetzt im Klartext? Nun, die Mathematik erklärt einfach alles! Und im Prinzip ist das ganz einfach: Die geistigen und körperlichen Kompetenzen eines Menschen wachsen im Verlauf eines Lebens an, erreichen einen Höhepunkt und fallen dann allerdings wieder ab. Sie wachsen und schrumpfen. Allerdings kann die Versiera-Kurve individuell sehr unterschiedlich verlaufen, bei dem einen höher, bei dem anderen flacher bis sehr flach. Das ist das x in der Gleichung.

Zusammengefasst heißt das: Wir werden wieder wie die Kinder! Und hier ist der Knackpunkt an der ganzen Sache: Wir wollen das gar nicht! Selbst wenn wir wieder wie die Kinder werden, sind wir wie Kevin: Kann alles, weiß alles. Selbst! Allein! Und unsere Gesellschaft hat mit beschleunigter Bewegung darauf hingearbeitet, dass dieser Zustand sich manifestiert und zementiert. Das ist die Kevin-Allein-Zuhaus-Krankheit. Die wieder zu Kevin gewordenen Menschen Kevin können alles allein, wissen alles allein, Gesellschaft will, dass sie alles allein können und wissen, aber in realiter[10]: Funktioniert nicht! Und da die Kevins, die zu Kevin gewordenen Kevins und deren Gesellschaft, in der sie leben, wollen, dass sie noch alles können und alles wissen, obwohl sie es nicht mehr können und wissen, landen sie irgendwann im Behandlungszentrum der Utopie bei Doktor Doof, der alles in seiner Macht Stehende tun soll, damit Kevins wieder alles allein können und wissen können. Nur Doktor Doof ist mal wieder machtlos, hat er doch seinen Zauberstab hierfür verloren. Also macht er das, was alle vernünftigen Behandler in solchen Fällen machen. Er bedient sich des Polypragmatismus.[11] Er schreibt noch mehr Medikamente auf, organisiert Pflege- und Hilfsdienste in vielfacher Papierausfertigung mit detailgetreuer Angabe, welche Tabletten dieser Dienst zu welcher Tageszeit, in welcher Box und an welchen Orten bei Kevin wo hinstellt. Und spätestens jetzt ist Kevin-Ganz-Allein-Zuhaus (KEGAZ). Denn ist dieser Dienst wieder weg und Kevin-Allein-Zuhaus (KAZ), aber Tabletten stehen in Nichterreichbarkeit für Kevin, dieser hat aber Verlangen nach diesen, da er nun einmal allein zu Haus, dann kann es schon einmal vorkommen, dass Kevin, der das eigentlich gar nicht mehr kann, aber meint, es können zu können, auf Stuhl steigt, um Tabletten von Küchenschrank zu holen, wo sie ja im Grunde unerreichbar für Kevin stehen sollten. Und fällt vom Stuhl und bricht sich Schenkelhals! Jetzt ist Kevin ganz allein zu Haus. In der Tat! Und es ist nun eine Sache des Glücks, wer die Rufe Kevins in der Wüste[12] erhört: Der Allmächtige oder die allmächtige Gesellschaft. In jedem Falle kommt irgendwann Tatütata mit lautstarkem Getöse. Hat Kevin Glück oder Pech, that depends on the Perspective, und allmächtige Gesellschaft erhört sein Flehen[13], kommt er in eines der am nächsten erreichbaren, dafür spezialisierten Krankenhäuser, deren Erreichbarkeit aus gesellschaftlichen Gründen immer schwieriger wird und wird repariert und operiert. Damit Kevin so schnell wie möglich wieder allein zu Hause. So schnell wie möglich denkt Krankenhaus oder muss Krankenhaus aus gesellschafts- und wirtschaftspolitischen Gründen denken, immerhin ist Zeit Geld. Also soll Kevin wieder ganz schnell allein nach Haus. Und Krankenhaus bedient sich hierfür, aus Kostengründen natürlich, des Polypragmatismus und macht daraus einen Multipragmatismus, damit Kevin wieder allein nach Haus. Allerspätestens jetzt aber kommt die absolute Steigerung der Kevin-Ganz-Allein-Zuhaus-Krankheit (KEGAZK) auf den Plan, die Hardcore-Version sozusagen. Die Kevin-Ganz-Allein-Zuhaus-Krankheit mit pathologischen Angehörigen (KEGAZK-PA)! Denn alles in diesem Zusammenhang landet bald wieder im Behandlungszentrum der Utopie bei Doktor Doof. Und Doktor Doof soll gefälligst alles tun, damit Kevin wieder allein zu Haus, immerhin sei er Arzt und könne und wisse alles. Es nützt nichts, im Gespräch mit KEGAZK-PA, was ja eher ein Monodrama ist, vorsichtig mitzuteilen, dass die Möglichkeiten des Behandlungszentrums der Utopie in Wahrheit eher dem eines Behandlungszentrums der Illusion gleichen. Und mit Sokrates[14], oder dass er sich für Sokrates hält, seinen Lieblingsphilosophen, fängt er erst gar nicht an, denn Welt weiß nicht um Sokrates und hätte auch kein Verständnis dafür. Und somit bleibt Doktor Doof mal wieder allein in seinem Haus, allein und gedemütigt in seiner Bipolarität. Ecce Homo![15]

Ecce Societas...![16]

Und als Coda noch kurz die Geschichte zu der italienischen Mathematikerin Maria Gaetana Agnesi: Denn diese gab mit 34 Jahren und nach dem Tod ihres Vaters die Mathematik auf und pflegte fortan Alte und Kranke.

Crazy, nicht wahr?

Nosologie IV

Es klingt immer so despektierlich, wenn Doktor Doof über die eigentlich uneigentlichen Erkrankungen der anderen, die eigentlich nur krank werden, weil sie uneigentlich krank sind, schreibt. Doch das soll gar nicht so sein, obwohl es dennoch manches Mal so ist. Schade. Wieder mal eine Kontradiktion. Aber was soll's, die Welt ist nun mal voller Widersprüche. Findet Doktor Doof. Und wem das nicht passt, das Widersprüchliche in der Welt und dass Doktor Doof darüber nachdenkt und despektierlich darüber schreibt, weil er diesen ganzen Irrsinn nicht respektieren kann, wer sich sozusagen von diesen Widersprüchen und der

Widerspruchshaltung auf allen Ebenen getroffen fühlt, der gehe doch einfach aus der Schusslinie und mache sich nicht zur Zielscheibe seiner selbst. Denn es nützt nichts, die Contrariorien[1] dieser Welt sind nun mal nicht zu übersehen. Und auch bei den Menschen ist es so, bei deren Krankheiten, deren Sprache, deren Einstellungen und Verhaltensweisen und auch bei deren Seinsbewusstsein und Seinsvergessenheit.[2] Nun, Doktor Doof schreibt, weil er Arzt ist, über Krankheiten, weil es die nun mal gibt und über Menschen, weil die sie nun mal haben. Aber von ersteren versteht er nichts und von zweiteren gar nichts. Also steht er zwischen Tun und nichts tun, wo er sich tagtäglich aufhalten muss, in einer Situation, in der er gezwungen ist, sich zwischen zwei gleichermaßen (unangenehmen) Dingen zu entscheiden.[3]

Aber weitergehen muss es trotzdem, weil die Welt sich ja bekanntlich weiterdreht. Also schreibt er weiter über Sinn und Unsinn, Unsinn und Sinn, Sinn des Unsinns und Unsinn des Sinns, über Sein, Dasein und Seinsvergessenheit und das Kranke darin und das Kranke in allem. Und Widersprüche in einem System machen das System krank, es reicht schon aus, eine 1 gegen eine 0 auszutauschen. Schon entsteht Fatal Error!

Und da es das Kranke und Widersprüchliche in Systemen gibt, beschreibt er mal wieder beispielhaft einige deren Erkrankungen. Und stellt heute einmal den Morbus U, den Morbus M und den Morbus O vor. Und Doktor Doof ist einer der fiesesten Zeitgenossen überhaupt, das ist ihm bewusst. Viele Zeitgenossen meiden ihn deswegen, sie zeigen sozusagen ein Vermeidungsverhalten[4]. Dabei meint es Doktor Doof, auch wenn er böse ist, doch gut. Und Vermeidungsverhalten ist eine eigentliche, klassifizierte Krankheit (ICD-10: F 40.1), besser als soziale Phobie bekannt.

Und Doktor Doof tut einmal mehr das, was er am besten kann. Wie Kant[5] zieht er sich zurück, denkt nach, schreibt und beschreibt damit. Doch die Sprache, die oben genannten Morbi zu beschreiben, ist nicht einheitlich, jeder Morbus ist Teil seines Systems mit der ihm eigenen Sprache, obwohl alle Morbi Systemteile des Gesamtsystems sind. Und weil das mit der Sprache so schwierig ist, zeigt er wieder einmal die Sachverhalte auf, denn einmal mehr kann, was nicht gesagt werden kann, immerhin gezeigt werden.

Und zeigt, mit zunächst erhobenem, dann ausgestrecktem Zeigefinger, auf das, was nicht gesagt werden kann, weil es nicht gesagt werden soll, und spricht darüber Klartext.

Also:

Morbus U = Morbus Unterschicht
Morbus M = Morbus Mittelschicht
Morbus O = Morbus Oberschicht

Uff! Ganz schön harter Tobak, der da wieder mal gekaut und geraucht wird! Nützt aber nichts! Worüber nicht geschwiegen werden darf, darüber muss man sprechen. Denn alle genannten Morbi treten im Behandlungszentrum der Utopie von Doktor Doof auf und erzeugen dort, von Zeit zu Zeit, rollende Augen. Wieder einmal kommt die Mathematik ins Spiel, denn die Morbi sind im Behandlungszentrum der Utopie nach der Gauß´schen Normalverteilung[6] verteilt, allerdings mit dem Wachstum von Raum und Zeit mit wachsender Linksverschiebung, wenn man das U links vom M platziert.

Jeder Morbus hat seine Charakteristika. So zeichnet sich der Morbus Unterschicht häufig durch die Attribute unvernünftig, unselbstständig, unsicher, unwissend, unverschämt, unmündig, unmotivierbar und unbelehrbar aus. Man bedenke: Das sind nur einige Eigenschaften mit U, es gibt noch bestimmt viele, viele mehr, aber Doktor Doofs Speichermedium hierzu ist voll. Und weil sich kein Mensch irgendetwas auf der Welt ohne Beispiele vorstellen kann, nennt Doktor Doof hierzu einfach mal eins. Beispiel: Inhalatives Zigarettenrauchen. Inhalatives Zigarettenrauchen und Morbus U korrelieren mit sehr, sehr hohem Korrelationskoeffizienten. Menge und Intensität in Raum und Zeit gerauchter Zigaretten und Einkommen von Morbus U sind umgekehrt proportional. Und jetzt kommt ein ABER: Aber versucht Doktor Doof, diesen Sachverhalt Morbus U gegenüber darzustellen und den Unsinn, Irrsinn und Schwachsinn des Ganzen herauszustellen, erkennt er bald, dass es auf beiden Seiten an der Sprache hierfür und an der Sprache füreinander hapert. Er spürt, dass es absolut unvernünftig ist, Morbus U das vorzuschlagen. Denn zum einen ist Morbus U wohl viel zu unwissend und unselbstständig, das Rauchen aufzugeben, zum anderen unsicher, wie er das anstellen sollte, weil unmündig, das zu tun. Morbus U ist in der Regel unmotivier- und unbelehrbar. Doktor Doof bekommt in unverschämter Sprache höchstens eine unverschämte Antwort hierzu. Daher lässt er den Unsinn, Morbus U behandeln und belehren zu wollen, besser sein. Er lässt Morbus U sich selbst behandeln. Er legitimiert diese Behandlung nur mit seiner Unterschrift, da Morbus U aufgrund der genannten U dazu nicht selbst in der Lage ist. Und ist mal wieder INRI[7] und Depp der Nation.

Noch mehr Beispiele gefällig, noch eines von gefühlten 10^{100} Beispielen? Nein? Stimmt! Ich glaube, das reicht. Die nächsten Beispiele hebt sich Doktor Doof für seine nächsten 10^{100} Leben auf.

Kommen wir zum nächsten System Systemkranker, den Morbus M oder Morbus Mittelschicht. Kein System repräsentiert

Behaglichkeit, Beschaulichkeit und Bürgertum mehr als dieser Stand, aber auch keiner mehr Bürokratie, Borniertheit und Berufsschwachmatentum als dieser. Und damit könnte Doktor Doof seine Tasche packen und nach Hause gehen. Denn er hat alles hierzu gesagt.

Wie? Nicht aufhören? Weitermachen? Sind Sie etwa auf den Geschmack gekommen?

Nun, selbst wenn der Leibeswind schon solche Ausmaße angenommen hätte, dass er die Ohren zum Vibrieren bringen würde, könnte man den Furz zur Erleichterung dessen nicht lassen. Man wüsste nicht, wie das geht. Es gibt keine Gesetzestexte, keine Vorschriften, keine Verordnungen hierzu, keine Formulare in vielfacher Ausfertigung und keine Formblätter. Noch nicht einmal abstempeln kann man das Ganze. Und noch schlimmer: Noch nicht einmal versichern lassen kann man sich gegen das Furzen. Deshalb hält der Morbus M lieber die Luft an, solange, bis er vom Boden abhebt. Eine abgehobene Gesellschaft nennt man dies dann. Auch der Morbus M hat wieder seine ihm eigene Sprache und seine Attribute. Doktor Doof fallen folgende ein: Mittelmäßig, moralinsauer, mitleidend, mitspielend, mitfeiernd, mitmachend (der Morbus M mag alles, was mit mit- beginnt). Und vor allem Murks[8]. Morbus Murks = Morbus Mittelschicht denkt Doktor Doof. Es herrscht ein unüberwindbares Missverständnis zwischen Doktor Doof und Morbus M, da er als Bipolarer mit den Extremen viel mehr anfangen kann als mit dem mittelmäßigen Mittelweg. Und mit den Machenschaften der mittelmäßigen Sprache von Morbus M kann er schon einmal gar nichts anfangen. Denn zu seinem Missvergnügen trieft diese nur so von morbider Moral. Und aus all dem Gesagten kann Doktor Doof den Morbus M nicht behandeln, denn auch dieser behandelt sich selbst. Hier gibt es allerdings ein erstes Mal eine Übereinstimmung mit dem Morbus Unterschicht, den der Morbus

Mittelschicht doch sonst so gerne ablehnt: Er bedarf nämlich, zur Legitimation von allem und jedem, der Unterschrift von Doktor Doof. Der Unterschrift auf sämtliche Dokumente, die ihm Morbus M vorlegt, der diese, allerdings, ebenso wenig liest wie der Morbus U (= 2. M/U-Übereinstimmung), der dies jedoch in der Regel, aus Unvermögen, nicht kann. Man sieht: Doktor Doof ist und bleibt INRI und Depp der Gesellschaft!

Bühne frei für den Höhepunkt der Veranstaltung, den wir alle schon so sehnsüchtig erwarten: Den Morbus Oberschicht!

Wollen wir nicht alle Morbus Oberschicht sein? Denn der Morbus O hat das, was wir alle gerne hätten und worum die Welt sich dreht: Kohle! Geld! Mit Geld, da kann man sich alles kaufen: Länder, Menschen, Abenteuer![9] Mit Geld kann man sich als reicher Mann Frauen kaufen, ältere zum Putzen, jüngere zum V. Mit Geld kann man sich wirklich alles kaufen! Mit Geld kann man sich alles kaufen, selbst Spieler, die dem Ball nachlaufen[10]. Und noch viele, viele andere Statussymbole! Und da Statussymbole für den Menschen so wichtig, so überlebensnotwendig sind, läuft er deswegen bedingungslos dem Geld hinterher, läuft über Öl- und Getreidefelder, über Kriegsschauplätze, über Schlachtfelder und über Leichen.

Und das Kranke am Morbus O ist nicht der Morbus O selbst, sondern dass man bedingungslos Morbus O sein möchte. Und kommt dadurch wieder ins Behandlungszentrum der Utopie zurück. Denn Doktor Doof erfährt auch diese Species tagtäglich. Und wieder kommt die Sprache ins Spiel. Denn Sprache, denken Morbus O und alle anderen Morbi, ist der erste Weg, die wittgenstein`sche Leiter der Erkenntnis hinter sich zu lassen, selbst dann hinter sich zu lassen, wenn man um diese Leiter gar nicht weiß. Denn die Morbi unterliegen einem riesigen Missverständnis. Sie glauben, die Leiter sei die Leiter des Erfolgs, die zu Glück

96

und Reichtum führt. Und sie machen einen Kardinalfehler: Sie versuchen, Doktor Doof mit ihrer erfolgsorientierten, Reichtum vorgaukelnden Oberflächensprache (= 1.O!), Sprosse um Sprosse hinaufsteigend, zu imponieren! Was natürlich Doktor Doof gegenüber, dem größten Sprachvirtuosen seiner Zeit, ein orientierungsloses (= 2. O!) Unterfangen ohne (= 3. O!) Gleichen ist. Denn Doktor Doof ist weder an Tennis- oder Golfer- Ellenbögen (ICD-10: M 77.0) interessiert, noch wie viele PS man unter der Haube oder im Stall hat, noch, ob man sich beim Segeln auf der Yacht den Glutaeus Maximus gezerrt oder den Pipimann verletzt hat. Doktor Doof denkt sich dann ganz ohnmächtig (= 4. O!): Das immer schöner werden! – Du immer geschwollener reden![11]

Man sieht: Doktor Doof ist nur an Krankheit interessiert, an den Kranken eines Systems und dem kranken System, das diese Kranken hervorruft. Denn die Menschen sind, so unterschiedlich sie auch sein mögen, als Kranke alle gleich!

Kranke Verrückte

Man könnte meinen, es gebe Sätze, welche aussprechen, dass eine Chemie möglich ist. Und das wären Sätze einer Naturwissenschaft[1]. Eine Chemie ist nur dann möglich, wenn die Chemie stimmt. Und da die Chemie zwischen Doktor Doof und der Welt selten stimmt, bleibt er doch manchmal gerne für sich allein. Vor allem, wenn er sich, wie auf den letzten Seiten, intensiv mit Krankheit, Krankheitsgeschehen und kranken Systemen auseinandergesetzt hat, macht er doch gerne mal eine Pause von seinem Alltag und denkt nach. Und wendet sich von der Krankheit der Verrücktheit zu. Krankheit und Verrücktheit sind gar nicht so grundverschieden, wie mancher gerne denken mag. Denn ähnlich wie bei Krankheit ist bei Verrücktheit das Verrückte daran das Verrückte darin und das Verrückte darin das Verrückte daran. Und Doktor Doof, als bipolar Erkrankter, denkt in seiner Freizeit, weit ab von den verrückten Kranken und Krankheiten, zur Entspannung gerne über das kranke Verrückte nach. Und denkt gerne über die Welt, wie sie ist, wie sie sein wird, wie sie war, nach. Über die Menschen, wie sie sind, wie sie sein werden und wie sie waren. Und er denkt gerne in Dekaden und Centurien. In allen möglichen Kategorien. Deshalb ist er ja ein großer Fan des kategorischen Imperativs[2]. Was er aber im Moment, da er Feierabend hat, nicht weiter ausschlachten will. Er denkt einfach mal nach und gibt sich völlig losgelöst von der Erde[3] seinen Gedanken hin. Und er lässt sich einfach einmal ein Century zurücktreiben. Was war vor etwa 100 Jahren? Wen gab es da? Und Doktor Doof ist nicht nur ein großer Fan der Kategorien, er ist auch ein großer Fan von Rankings aller Art. Und stellt einmal ein Ranking seiner spontanen Top-5-Persönlichkeiten auf, die vor circa 100 Jahren geboren wurden. Und wirklich, die fallen ihm spontan ein. Wirklich, alles Verrückte. Wirklich, alle krank, irgendwie. Der erste, der ihm einfällt, ist der Komponist Bernd Alois Zimmermann, geboren am 20. März 1918 in Bliesheim, einer der herausragenden deutschen Komponisten der musikalischen Avantgarde. Ein Individualist vor dem Herrn, ein Künstler, der ewig mit der Kugelgestalt der Zeit[4], in Musik, Kunst, Philosophie und Gesellschaft, in Verbindung bleiben wird. Leider aber auch ein physisch und psychisch kranker Mensch, der seinem Leben von eigener Hand ein Ende geben musste, weil er mit sich und seinem Leben nicht mehr klarkam. Einer der Top-Künstler von Doktor Doof. Und wer schon einmal die zimmermann`schen Werke wie Requiem für einen jungen Dichter, Nobody knows the Trouble I see oder die Oper Die Soldaten gehört oder gesehen hat, der weiß, dass es Systemkranke und kranke Systeme schon gab, lange, bevor Doktor Doof diese beschrieben hat. Bernd, Alois Zimmermann, gestorben 1970 in Königsdorf. Ein großer Künstler.

Henry Charles Bukowski, geboren am 16. August 1920 in Andernach, Sohn eines amerikanischen Besatzungssoldaten und einer deutschen Mutter, schon früh, im Alter von drei Jahren, mit seinen Eltern in die USA immigriert, ist der nächste auf seiner Top-5-Liste. Ein Dichter, ein Schriftsteller mit einer erstaunlichen Biografie, der sich und somit den amerikanischen Albtraum, die Schattenseite des American Way of Life[5] beschreibt, die Kleinkriminellen, Alkoholiker, Obdachlosen und Prostituierte aus seinem Dunstkreis. Diese Authentizität beeindruckt Doktor Doof zutiefst. Denn das ist nicht nur verrückt für Otto Normalverbraucher[6], nein, es ist auch krank, zutiefst krank. Und genau dies, das Kranke, interessieren den Menschen im Arzt und den Arzt im Menschen Doktor Doof. Unvergessen Bukowskis Lesung in Hamburg im Mai 1978 mit apathischer Beleidigung des Publikums während des Genusses von 23 Flaschen Wein aus einem eigenes dafür auf der Bühne platzierten Kühlschrank. Charles Bukowski, gestorben 1994 in Los Angeles am Rock 'n' Roll des Lebens.

Der nächste Top Künstler auf Dr. Doofs Top-5-Liste, ebenfalls ein Protagonist des amerikanischen Albtraums und damit eine wichtige Figur amerikanischer Kulturgeschichte ist der am 29. August 1920 in Kansas City geborene Alt-Saxofonist Charles Bird Parker Junior, einer der größten Jazzmusiker aller Zeiten, aber wahrscheinlich auch einer der größten Junkies des Jazz aller Zeiten. Bird gab dem Jazz und dem American Way of Life mit dem Bebop[7] eine völlig neue Dimension. Denn ohne Bird wahrscheinlich kein Bebop, ohne Bebop keine Beatniks[8] und ohne Beatniks kein Rock 'n' Roll und somit nichts, worüber sich sämtliche 3-B aller Zeiten aufregen könnten. Und obwohl Bird (seine Spielweise wirkte frei, wie der Flug eines Vogels) wahrscheinlich einer der größten Jazzmusiker aller Zeiten war, so war er doch, in kritischen Momenten zumindest, mehr Junkie als Musiker. So musste er häufig sein Saxofon versetzen, um an Geld für Heroin zu kommen, und hatte dann kein Horn[9] mehr, um aufzutreten. Und er musste deswegen seine Klamotten versetzen, um an Geld für ein Saxofon zu gelangen, um auftreten zu können. Krank? Ist das krank? Naja, ich weiß nicht. Charlie Bird Parker, gestorben 1955 in New York City.

Und mit der eingangs genannten, zimmermann'schen Kugelgestalt der Zeit rollen wir über die letzten beiden amerikanischen Albträume weiter zum nächsten Protagonisten und damit zu den Kugeln schlechthin. Zu dicken Titten nämlich. Russell Albion Russ Meyer, geboren am 21. März 1922 in Auckland, ist der Papst des Tittenfilms schlechthin. Russ Meyer, ein Verrückter, hat seine Obsession zum Lebensinhalt gemacht. Doktor Doof sagte bereits, dass, wenn er sich nicht nur nicht nur für Titten interessiert, sondern auch zu seinem Interesse gestanden hätte, vielleicht so etwas wie Russ Meyer aus ihm geworden wäre. Und schon sind wir wieder, unverhoffterweise, bei Krankheit angekommen. Denn so viel Ehrlichkeit ist krank. Seine Obsessionen auszuleben ist krank. Verrückt zu sein, ist total krank, ob man jetzt Zimmermann, Bukowski, Bird oder Russ Meyer oder einfach nur Doktor Doof ist. Russ Meyer, gestorben 2004 in Los Angeles.

Wir schließen unser Intermezzo mit dem Jüngsten ab und machen einen Sprung in die alte Welt zurück. Und landen wieder einmal, wie sollte es auch anders sein, bei der Sprache. Denn die Grenzen unserer Welt sind die Grenzen unserer Sprache. Und landen bei einem wahrhaften Sprachvirtuosen, bei einem Sprachvirtuosen seiner Zeit, noch lange vor Doktor Doof.

Ernst Jandl, geboren am 1. August 1925, österreichischer Dichter und Schriftsteller, experimenteller Lyriker, konkreter und visueller Poet sowie Lautmaler und dem Jazz eng verbunden. Kultureller Provokateur und Heraufbeschwörer vieler Eklats. Hauptberuflich: Lehrer!
Hahahaha…

Was ist denn so?
…ko…
…misch…
(…zisch…)

Dabei? Einerlei…[10]

In gewissem Sinne ist Doktor Doof doch auch Lehrer (Doctor (lat.) = Lehrer). Lehrer des Unsinns.
Ernst Jandl, gestorben 2000 in Wien.

Kranke Sätze der Naturwissenschaft. Es stimmt, die Chemie muss stimmen, um sich auf Molekülebene wohlzufühlen, denkt Doktor Doof sich, während er das Licht ausknipst, um Nachtruhe zu halten. Wenn schon die Biologie nicht stimmt. Von der Physik ganz zu schweigen!

HFVV

Nun, ich kann es immer nur wieder betonen: Lesen Sie das am besten gar nicht! Machen Sie etwas Sinnvolles. Aber lesen Sie bitte nicht Doktor Doofs Gedanken zur Utopie. Denn Wahrheit und Klarheit sind etwas Utopisches. Zwar heißt es so schön, die Wahrheit dränge immer ans Tageslicht, doch die Wahrheit ist wie die Sonne. Sie erhält alles, lässt sich aber nicht betrachten[1]. Und Doktor Doof schreibt gerne über Wahrheiten, ganz konkret, über konkrete Sachverhalte, die aber keiner sieht, weil sie keiner sehen kann. Trotz aller Philosophie, die er so bewundert, obwohl sie ihm so schwer zu schaffen macht, muss er, um kranke Systeme und Sachverhalte darin darzustellen, nicht die Philosophie, sondern die Realität bemühen. Denn:

Einstweilen
bis den Bau der Welt
Philosophie zusammenhält,
erhält sie das Getriebe
durch Hunger und durch Liebe.[2]

Aber die Welt lebt leider nicht von Luft und Liebe, sondern von Geld.

Als ich jung war, glaubte ich,
Geld sei das Wichtigste im Leben;
heute, wo ich alt und Arzt bin,
weiß ich: Es stimmt!!![3]

Mit Geld, da kann man vieles kaufen, selbst Spieler, die dem Geld nachlaufen![4] Ich, Doktor Doof, sagte es bereits. Und Ärzte sind gute Mitspieler im System, im Run for the Money[5]! Sie laufen dem Geld nicht nur hinterher, nein, sie rennen ihm hinterher. Und erfinden ständig neue Dinge, damit sie noch mehr rennen und rennen müssen. Sie beschleunigen gewissermaßen ständig ihre Laufgeschwindigkeit. Und dieser Sachverhalt, dass Ärzte dem Geld hinterherrennen, ist eine Tatsache und somit wahr. Ich weiß es, deshalb glaube ich es[6]. Im Prinzip weiß es jeder, außer den Ärzten selbst, die glauben das nämlich nicht. Aber außerhalb dessen erkennt man diese Wahrheit, und zwar auf zweierlei Weise. Entweder direkt und von selbst oder vermittelst anderer Wahrheiten, die da wären: Zurschaustellung von Statussymbolen, oder das unablässige Reden über Geld, Gewinnmaximierung und Statussymbolen. Die Erkenntnis des Ersteren ist Gegenstand der Anschauung (Intuition) oder des Bewusstseins, des Letzteren der Folgerung[7]. Im Genannten zum Thema Geld unterscheiden sich Ärzte übrigens nicht von Bänkern, Börsenmaklern und Betrügern (3-B)!

Und da der Rubel immer mehr und unablässig rollt, erfinden die Ärzte sich und für sich ständig neue Methoden, wie dieser noch besser rollen mag, obwohl das gar nicht möglich sein kann, denn sämtliche Kassen individueller oder kollektiver Systeme zur Finanzierung der Medizin sind leer! Mal wieder eine klassische Kontradiktion. Macht aber nix, man erfindet irgendwas, lässt es durch Betriebswirte oder sonstige Finanzjongleure gegenrechnen, gibt der Erfindung einen Namen und lässt es durch Schnarchnasen zum Gesetz implementieren!

Beispiel gefällig?

Gerne!

Nehmen wir einmal das Thema Hausarztvermittlungsfall. Zum Zeitpunkt der Niederschrift dieser Chronik der Utopie ein relativ neues Medizin- und Termin-Booster-Verfahren und noch nicht einmal den Kinderschuhen entwachsen. Versucht man sich im Internet zum Thema irgendwie zu belesen und zu informieren, bekommt man mal wieder nur Fatal Error heraus. Denn es waren mal wieder nur Eloquenzbestien, Cheftheoretiker und weitere Arbeitsverweigerer daran feder- und diskussionsführend beteiligt. Sämtliche Ärztevertretungen und deren sonstige Gremien und jeder hat mal wieder nur heiße Luft abgelassen.

Für alle gilt wie immer das gleiche: Viel hilft viel und sagt wenig aus. Nichts Genaues weiß man nicht. Aus bürokratischen Texten wird man einfach nicht schlau und Doktor Doof schon gar nicht. Deswegen ist er nicht, auch nach Sichtung deren Internetauftritte, schlauer als zuvor zu diesem Thema und bleibt Doktor Doof.

Die Idee hinter dem Ganzen?

Patienten, die dringend einen Termin bei einem Facharzt brauchen, dringend aus der Sicht des Hausarztes, sollen mit dem Hausarztvermittlungsfallverfahren (HFVV) schneller einen dringenden Termin beim Facharzt bekommen, auf Initiative des Hausarztes natürlich.

Doktor Doof, der an die Idee, die dahintersteckt, an eine Idee im Sinne Platons[8] (das Schöne an sich, das Gerechte an sich, der Mensch an sich), an eine objektive metaphysische Realität dachte, ist nach genauer Beobachtung des Procedere des HFVV mehr als ernüchtert! Denn wieder einmal krankt das Ganze an vielen Systemfehlern und hat ganz viele Knackpunkte. Das Ganze ist im Grunde viel zu vielschichtig, um objektiv durchführbar zu sein. Und viel zu vielschichtig, um es in einfachen Worten zu erklären. Doktor Doof raucht ganz schön der Kopf und er ringt mit seinen Erklärungsversuchen. Trotzdem muss er Klarheit schaffen, Klarheit bei sich im Kopf, sonst kann er sich das Ganze nicht erklären. Und auch keinem anderen, der ins Behandlungszentrum der Utopie kommt, es auch nicht weiß, jedoch hofft, dort etwas darüber zu erfahren.

Uff! Ein hartes Unterfangen, das erklären zu wollen. Doktor Doof sucht Hilfe. Er findet sie bei John Stewart Mill[9]. Zunächst starten wir mit Prämissen. Sollten diese wahr sein, können wir auf etwas folgendes schließen, sollte diese Schlussfolgerung erneut wahr sein, können wir weiter folgern, und so weiter, bis am

Ende eine endgültige Wahrheit steht. Da sich unsere Zustimmung zu dem Schluss auf die Wahrheit der Prämissen gründet, so können wir niemals durch Schließen zu irgendeiner Erkenntnis gelangen, wenn nicht etwa dem Schließen Vorausgehendes erkannt werden könnte[10]. Soweit John Stewart Mill.

Doktor Doof stellt nun also die Prämissen zum HFVV auf.

Prämisse I:
1. Zu viele Kranke.
2. Zu wenig Fachärzte.

Folge 1: Zu wenig Termine für zu viele Kranke bei zu wenig Fachärzten.

Prämisse II:
Zu wenig Fachärzte, jedoch Mehrarbeit durch mehr Geld möglich.

Folge 1: Mehr Termine, dadurch kürzere Wartezeiten.

Prämisse III:
Zu wenig Geld in den Sozialkassen.

Folge 1: Kein Geld für Mehrarbeit der Fachärzte.
Folge 2: Dadurch keine Mehrarbeit durch Fachärzte.
Folge 3: Weniger freie Termine.
Folge 4: Längere Wartezeiten.

So weit so klar? Okay. Es wird aber tricky!

Prämisse IV:
1. Immer noch zu wenige Facharzttermine für zu viele Kranke.

2. Idee: Triagierung[11] in wichtige Fälle/unwichtige Fälle.

Folge 1: Hausarztfallvermittlungsverfahren (HFVV).

Folge 1.1: Mehr Geld für wichtige Fälle.

Folge 1.1.1: Da mehr Geld für wichtige Fälle nun Blockierung von Terminen für wichtige Fälle durch Fachärzte, da dadurch mehr Geld.

Folge 1.1.2: Individualpsychologisches Herausarbeiten der Definition: Wichtiger Fall durch individuellen Patienten.

Folge 1.1.2.1: Hausarzt zum Thema (wichtiger Fall) in Erklärungsnot.

Folge 1.1.2.1.1: Frage: Prämissen IV/2 und alle Folgen: Sinnvoll?

Folge 1.1.2.1.2: Sinnvolle Idee im Sinne Platons (Gerechtigkeit)?

Man sieht einmal mehr: Sobald Geld im Spiel ist, zerfallen alle gerechten Ideen zum Staub der Geschichte. Mit Kontradiktionen kann man zwar Philosophie- und Geschichtsbücher füllen, aber nicht gut eine Geschichte erzählen. Und es sind wahrhaft nicht ansatzweise alle Kontradiktionen und Unstimmigkeiten im Zusammenhang mit dem HFVV dargestellt. Daher hat Doktor Doof, nach reiflicher Überlegung entschieden, am kranken System des HFVV nicht mehr teilzunehmen. Und bleibt bei der guten alten, bereits vergessenen Tradition, dem Patienten die Illusion von Verantwortung zurückzugeben und selbst erst dann zur Tat zu schreiten, wenn er als Arzt davon überzeugt ist, wann ein medizinischer Sachverhalt tatsächlich dringlich ist. Im Falle eines Notfalls! Tatsächlich!

Schimpfen!

Was soll nicht alles meine Sache sein! Vor allem die gute Sache, dann die Sache Gottes, die Sache der Menschheit, der Wahrheit, der Freiheit, der Humanität, der Gerechtigkeit; ferner die Sache meines Volkes, meines Fürsten, meines Vaterlandes; endlich gar die Sache des Geistes und tausend andere Sachen. Nur meine Sache soll niemals meine Sache sein. Pfui über den Egoisten, der nur an sich denkt![1]

Doktor Doof hat eine große Schwäche. Es gibt kaum etwas, was ihn nicht interessiert, er interessiert sich für alles und jeden. Deshalb liest er viel, er liest im Grunde mehr, als er lesen kann, seine Speicher sind ständig voll, so voll, dass er sich häufig noch nicht mal die Namen seiner Kranken im Behandlungszentrum der Utopie merken kann, obwohl er viele davon seit Jahren kennt. Sie, die Kranken, kommen aber immer wieder, weil sie, im Gegensatz zu ihm, die Utopie nicht für eine Illusion halten. Sie glauben an die Wahrheit in allem und meinen, es sei gewiss, was Doktor Doof ihnen versucht zu erklären; nur was heißt es: Die Wahrheit eines Satzes sei gewiss? Mit dem Wort gewiss drücken wir die völlige Überzeugung, die Abwesenheit jedes Zweifels aus und wir suchen damit, den anderen zu überzeugen.

Das ist subjektive Gewissheit.

Wann aber ist etwas objektiv gewiss? – Wenn ein Irrtum nicht möglich ist. Aber was für eine Möglichkeit ist das? Musste der Irrtum nicht logisch ausgeschlossen sein?

Der Gebrauch von wahr oder falsch hat darum etwas Irreführendes, weil es ist, als sagte man, es stimmt mit den Tatsachen überein oder nicht und es sich doch gerade frägt, was Übereinstimmung hier ist.[2]

Nun, sehen wir denn zu, wie diejenigen es mit ihrer Sache machen, für deren Sache wir arbeiten, uns hingeben und begeistern sollen.[3]

Sie, für die Doktor Doof sich hingeben und soll, belehren ihn, dass ihre und Gottes Sache allerdings die Sache der Wahrheit und Liebe sei, weil Gott ja selbst die Wahrheit und Liebe sei. Gott sollte der Sache der Wahrheit sich annehmen. Aber er sorgt nur für seine Sache, weil er Alles in Allem ist, darum ist auch alles seine Sache.[4]

Doktor Doof fragt sich allerdings, ob Gott und die Gesellschaft sich der Sache der Wahrheit annehmen würden, wenn sie nicht selbst meinten, die Wahrheit zu sein. Sie sorgen nur für ihre Sache, aber weil sie alles in allem sind, darum ist auch alles ihre Sache. Und ihre Sachen sind nun einmal alle erdenklichen 3-B! Doktor Doof aber ist nicht Alles in Allem und seine Sache ist gar klein und verächtlich.[5] Daher muss er einer höheren Sache dienen.[6] Und diese Sache ist der Irrsinn, Schwachsinn, Nonstop-Nonsens und das Kranke daran und darin. Und das Kranke daran ist das Kranke darin, in dieser 3-B- Gesellschaft. Denn diese hat nur sich im Auge; wehe allem, was ihr nicht wohlgefällig ist![7] Denn sie, die 3-B, dienen keinem Höheren und befriedigen nur sich. Ihre Sache ist eine – rein egoistische Sache.[8]

Wie steht es denn mit der Menschheit, deren Sache sich Doktor Doof zur seinigen machen sollte? Nun, die Menschheit sieht nur sich, damit sie sich entwickle, lässt sie Völker und Individuen in ihrem Dienste sich abquälen, und wenn diese geleistet haben, was die Menschheit braucht, dann werden sie von ihr aus Dankbarkeit auf den Mist der Geschichte geworfen.[9]

Es geht jedem nur um sein Wohl! Es gibt so viele Beispiele hierzu...

Jeder ist seines Glückes Schmied!

America first![10]

Jeder Esel nennt sich selbst zuerst!

Das sind nur $3^{3 \times 3}$ Sprichwörter und Lebensweisheiten hierzu.

Beispiele gefällig?

Schon einmal erlebt, was passiert, wenn ein neues i-Phone auf den Markt von Schnürzelwelt kommt? Noch nicht? Dann schalte man an diesem Tag einfach mal Schnürzelfernsehen ein. Denn jeder will der Erste sein. Krank? Nein, nicht krank, zwar unglaublich, aber wahr!

Und Doktor Doof soll als ergebener Patriot für dieses Volk Einsatz zeigen? Die Patrioten fallen im blutigen Kampf oder im Kampf mit Hunger und Not; was fragt das Volk danach. Das Volk wird durch den Dünger ihrer Leichen ein blühendes Volk! Die Individuen sind für die große Sache des Volkes gestorben und das Volk schickt Ihnen einige Worte des Dankes nach[11], mehr nicht! Und hat den Profit davon.[12] Das nennt Doktor Doof einen einträglichen Egoismus.[13] Daher will er, seines teils, lieber selbst der Egoist sein. Er sagt: Ich will lieber selber der Egoist sein. Gott und die Menschheit haben ihre Sache auf nichts gestellt, auf nichts als auf sich. Ich bin (nicht) Nichts im Sinne der Mehrheit, sondern das schöpferische Nichts, das Nichts, aus welchem ich selbst als Schöpfer alles schaffe. Mir geht nichts über mich![14]

Uff! Mal wieder ganz schön harter Tobak denkt Doktor Doof, während er an seiner Zigarre zieht. Und weil Doktor Doof zu doof ist, das alles denken zu können, hat er, der große Plagiator[15], mal wieder hemmungslos abgeschrieben. Bei Wittgenstein. Und bei Max Stirner.[16] Man mag ihn deswegen nicht zu sehr verurteilen, denn Doktor Doof ist ein kranker Mann. Er hat nicht nur eine bipolare Persönlichkeitsstörung, er hat eine noch viel schlimmere Krankheit, den Morbus Schimpf! Er schimpft wie ein Rohrspatz, über alles und jeden, immer und jederzeit. Aber er ist mit dieser Krankheit nicht allein. Jeder schimpft immer und jederzeit über alles. An den Stammtischen ist das so, in den Parlamenten, den Warteschlangen, den Fußballstadien und selbst im Behandlungszentrum der Utopie ist das so, wenn die 3-B vor ihm sitzen. Und wenn diese dann gegangen sind, wenn sie nicht aufgehört, sondern unterbrochen haben, zu schimpfen, dann schimpft Doktor Doof über diese. Und was bekommt er zum Dank dafür? – Rollende Augen!

Der Morbus Schimpf ist eine der Krankheiten, die man weltweit antrifft. Sie gab es schon immer und wird es immer geben. Denn die Menschen sind nicht Hans im Glück[17]. Sie haben einfach zu viel von allem, worüber sie schimpfen können. Das lastet alles schwer auf ihnen. Erst wenn sie alles abgelegt haben, sind sie wahrhaft Hans im Glück. Aber da eher ein Kamel durch ein Nadelöhr geht, als dass Mensch seine ihm liebgewonnenen Eigenschaften und Eigenheiten ablegt, bleiben die Menschen, wie sie sind. Und schimpfen weiter. Aber sie werden Doktor Doof in der Kunst des Schimpfens nie erreichen. Denn Doktor Doof ist wie Doktor Jekyll & Mister Hyde.[18] Und deswegen oft Doktor Schimpf, wenn er vom Elixier der 3-B getrunken hat.

Warum ist das so?

Doktor Doof sucht, wie immer, nach Lösungen. Und nach Erklärungen. Für sich und den Rest der Welt. Und findet sie erneut bei Max Stirner. Denn dieser hat vor fast 200 Jahren schon ebenso geschimpft wie Doktor Doof:

Von dem Augenblicke an, wo er das Licht der Welt erblickt, sucht ein Mensch aus seinem Wirrwarr, in welchem auch er mit allem anderen bunt durcheinander herumgewürfelt wird, sich herauszufinden und sich zu gewinnen.[19]

Doktor Doof kann dazu nur sagen: Amen!

Nosologie V

Wir melden uns mal wieder aus dem Behandlungszentrum der Utopie. Es ist Montagmorgen, 7:30 Uhr und wir machen da weiter, wo wir am letzten Freitag aufgehört und worüber wir das ganze Wochenende nachgedacht haben. Und täglich grüßt Doktor Murmeltier[1], denn es gibt keine Ausstiegsklausel aus dem Vertrag des Schwachsinns. Drei Dinge darf man in dieser Welt, dieser Gesellschaft, auf keinen Fall tun: Man darf a) nicht Fernsehen schauen, b) nicht Radio hören und c) nicht Zeitung lesen. Doktor Doof weiß nicht, was ihn am Wochenende geritten hat, was ihn dazu verleitet hat, Medien zu konsumieren. Er kann es sich einfach nicht erklären. Schon kurz nachdem er von diesem ersten Stein, den man ja nicht werfen sollte, was aber dennoch alle tun, getroffen wurde, trat wieder Ernüchterung ein. In seinem Kopf! Aber Doktor Doof lässt sich, wie alle Menschen, gerne blenden und unterliegt den üppigen Reizen des Bösen. Also hat er, warum auch, immer und wenn auch nur flüchtig, hingehört und hingeschaut. Und wurde instantan vom Schwachsinn, der ein Irrsinn ist, wieder einmal infiziert. Aber man muss entlastenderweise dazu sagen: Er hatte keine Chance! Hat man einmal die Pforten geöffnet für den Blödsinn, Irrsinn, Unsinn, Stumpfsinn und Schwachsinn aller Art, dann gibt es kein Entrinnen mehr und man ist dem Ganzen hilflos und machtlos ausgeliefert. Und Doktor Doof muss sich, obwohl die Woche und die Wochenarbeit noch gar nicht begonnen haben, aus gegebenem Anlass, der im Grunde immer gegeben ist, wieder einmal mit dem Kranken daran, mit dem Kranken darin und somit mit dem System auseinandersetzen. Und Medien sind ein machtvolles Medium, mit dem man Menschen munter manipulieren kann. Wieder einmal etwas Krankes daran, am System, mit etwas Krankem darin, den Medien. Sie sind Teil des Schwachsinns, über den sie tagtäglich berichten und sind somit Teil des Schwachsinns geworden. Doktor Doof, der alte Ordnungsfanatiker, versucht mal wieder, Ordnung ins System zu bringen. Und bedient sich, als berufspragmatischer Krankheitsbekämpfer und Gesundheitsfanatiker, wieder einmal der Nosologie und beschreibt Symptome und Syndrome und gendert sich weiter durch das Alphabet.

Weiter geht es mit dem Buchstaben M.

M wie Medien oder Mittelmaß.

N wie Nein oder Notfall.

O wie orientierungslos.

P wie Politik.

Q wie Quatsch.

R wie ratlos.

Mal wieder ein paar schöne Krankheiten, die er sich da selbst eingebrockt hat! Aber da steht er nun mal, er kann nicht anders. Also tut er das, was er tun muss: Er beschreibt Tatsachen, die Sachverhalte darstellen und somit der Fall sind.

Schlagzeile:

Nein zu orientierungslos mittelmäßiger Politik, die ständig Quatsch daherredet und ratlos ist.

Doch das ist nichts Neues. Doktor Doof weiß das schon lange. Nur weiß er endlich, wie er den Medien, die pausenlos und ratlos über orientierungslose Politik quatschen, begegnen soll: Er sagt NEIN dazu! Nur im Notfall greift er noch dazu, greift dann selbst zu mittelmäßigen Medien, wenn er ratlos ist, worüber orientierungslose Politiker quatschen. Im Notfall quatschen selbst orientierungslose Politiker mit mittelmäßigen Medien, wenn sie ratlos darüber sind, zu welchem Quatsch sie mal wieder NEIN oder nicht NEIN gesagt haben. Nein, denkt Doktor Doof, so groß kann der Notfall nicht sein, dass ich mir anhören muss, worüber ratlose Politiker mit orientierungslosen mittelmäßigen Medien quatschen. Denn es ist ja ein orientierungsloser Quatsch, was seine Kranken über ratlose Politiker aus der mittelmäßigen Medienlandschaft erfahren haben und denken, ihm vortragen zu müssen. Es geht zwar selten um Politik, was ratlose und orientierungslose Mitmenschen mit dem Doktor quatschen, was sie aus den Medien erfahren haben. Aber es geht immer um Politik, auch wenn es nicht darum geht. Denn der Quatsch, den mittelmäßige Medien orientierungslosen und ratlos ratsuchenden Mitmenschen mitteilen, ist politisch so gewollt! Und keiner sagt NEIN dazu, noch nicht einmal im Notfall. Man nehme einfach mal die Werbung vor acht im deutschen Fürzelfernsehen[2]. Die hat nämlich viel mit Gesundheit zu tun. Unsterblich scheint man zu werden, wenn man die Dinge alle konsumiert und kauft, die dort seliggepriesen werden. Und worum geht es letzten Endes nur? Um Geld natürlich! Um Geld für die, die verkaufen wollen und um das Geld, das man denjenigen aus der Tasche zieht, an die man verkauft. Und die Politik sagt nicht NEIN dazu, dass die mittelmäßigen Medien ihren orientierungslos ratlosen und ratsuchenden Mitmenschen diesen Quatsch verkaufen. Die Politik sieht keine Notwendigkeit dazu, den (ziel–, nämlich gewinn–) orientierten Medien, diesen Quatsch zu untersagen, ratlose Mitmenschen mit Quatsch zu manipulieren. Warum sollte sich die Politik, NEIN zu sagen, (be-)quatschen lassen und dann auch noch von so einem mittelmäßigen Quatschkopf wie dem Profilneurotiker Doktor Doof, der zu allem, was gut und vor allem teuer und einträglich ist, NEIN sagt? Verdient sie, die Politik, mit diesem orientierungslosen Quatsch, den die Medien an mittellose und ratlose und somit, aus Mittel zum Zweck, ratsuchende Mitmenschen verbreiten, gewiss doch gut! Doktor Doof glaubt das zumindest! Warum sollte sich die Politik denn sonst über ratlose Medien an orientierungslose Mitmenschen wenden, wenn keine Notwendigkeit dazu bestünde? Doch nicht aus Quatsch! Nein, das ist kein Quatsch, denkt Doktor Doof ratlos, während er an die Orientierungslosigkeit dieser mittelmäßigen Politik denkt. Nein, im Mittelmaß der Orientierungslosigkeit versunkene Politik kann, trotz des ständigen Quatschs, der über die Medien pausenlos verbreitet wird, nur ratlose Mitmenschen zurücklassen.

Doktor Doof ist einfach eine merkwürdige, notorische, offenkundig permanent quakende Rübennase!

Der soll doch einfach mal die Politik in Ruhe ratlos weiter nach Orientierung suchen lassen, wobei ihr mittelmäßige Medien ständig (dazwischen–) quatschen!

Doktor Doof, mittlerweile nüchtern ob der permanenten, quälenden Ratlosigkeit, wird, wenn er noch weiter darüber nachdenkt, noch zum Notfall! Deshalb gibt er auf. Denn gegen Politik und Medien, die ständig ratlos irgendeinen orientierungslosen Quatsch behaupten, ist noch kein Quark gereift.

Nein, wirklich nicht!

Confession

Bipolar zu sein bedeutet, immer an einer Grenze zu wandeln. Immer am Rand einer Klippe. Hoch oben fühlt man sich vogelfrei, dem Himmel so nahe, man ist erfüllt vom unendlichen Blau und der Kraft der Sonne. Man fühlt sich stark, so stark wie die ganze Welt, wenn man so alleine am Rande der Klippe nur noch den Himmel um sich herumhat und tief unter sich die Brandung des Meeres hört, sie förmlich spürt. Man fühlt sich gottgleich. Man hat das Gefühl, man könnte ewig so leben! Aber wehe, es treten die ersten Wolken auf und ein Unwetter naht heran. Vorbei ist die Harmonie und die Urgewalten ziehen, sie drängen einen förmlich die Klippe hinab. Denn jenseits der Klippe ist sie, die Depression, tief unten, im Hades[1]. Einmal abgestürzt und unten angekommen, bedeutet: Unten angekommen. Es gibt kein oder nur schwerlich ein Entrinnen. Der Götter Strafe für die zuvor gelebte Manie, für die Empfindung der Seele, ihnen gleich zu sein. Götter kennen kein Erbarmen, wenn man sich gleich ihnen fühlt. Deshalb soll man sich schon seit Urzeiten kein Bild von Ihnen machen. Das verzeihen sie nicht. Nur die Manie ist leider das Bild im Menschen drinnen, in dem Menschen, der dieses besitzt, sich unverwüstbar, unbesiegbar, sich unsterblich zu fühlen. Das ist das Kranke daran. Und das verzeihen die Götter nicht oder nicht gerne. Sie kreuzigen sich zwar selbst, die Götter, aber sie verzeihen sich nicht. Lieber bestrafen sie sich oder lassen bestrafen. Und die große Strafe der Manie, die schlimmer als der Tod ist, ist die Depression. Wer sich einmal in den Fängen dieses Ungeheuers verfangen hat, wer von der Klippe mit dem phänomenalen Ausblick gestürzt ist und den Strudel hinabgezogen wurde, weiß, dass es fast unmöglich ist, sich daraus wieder zu befreien. Man braucht unbedingt drei Eigenschaften, um dies zu bewerkstelligen. Man braucht Disziplin, dranbleiben und durchhalten. Und man braucht den Glauben daran, den bedingungslosen Glauben und das Wissen um diesen.

Was ich weiß, das glaube ich!

Nur: Der Zweifel kommt nach dem Glauben[2].

Man sieht einmal mehr: Das Leben ist alles andere als einfach! So ein bisschen Glauben reicht einfach nicht aus…

Ich glaube an Gott, den Allmächtigen,

den Schöpfer des Himmels und der Erde…[3]

Das lernt man so als Kind und brabbelt das gedankenverloren so vor sich her. Das Kind lernt nun mal, indem es dem Erwachsenen glaubt. Das aber ist der Casus Knacksus[4]: Der Mensch kann sich nur unter gewissen Umständen nicht irren. Damit der Mensch sich irre, muss er schon mit der Menschheit konform urteilen[5]. Da beginnt allerdings der Zweifel.

Doktor Doof…

…hat eine bipolare Persönlichkeitsstörung.

Daher kann er nicht mit der Menschheit konform urteilen. Doktor Doof ist einer der größten Nonkonformisten aller Zeiten! Deswegen ist er im ständigen Zweifel mit sich, ob er sich irre oder nicht. In seinem Denken, Fühlen und Handeln. Nur in einem irrt er sich nicht mehr: In dem Bewusstsein, der Gewissheit seiner bipolaren Persönlichkeitsstörung. Ob es allerdings auch eine bipolare Erkrankung ist, weiß er nicht, selbst die, bei denen er nachgefragt hat, die Ärzte und Psychologen, die sich Spezialisten nennen, Irrtum ausgeschlossen, können es ihm nicht sagen. Macht auch nichts. Die bipolare Persönlichkeitsstörung reicht ihm vollkommen. Denn selbst hier ist er sich für sich gewiss, dass auf eine manische Phase mit Zuwendung zur Welt, mit Kreativität und Aufmerksamkeit, mit Liebe, Zuneigung und Fürsorge für sich und andere wieder eine Phase der Depression folgt, die ihn am Boden zerschmettert, die ihn lustlos, leblos, motivationslos, antriebslos, energielos, freudlos und mit allen Losigkeiten auf der Erde zurücklässt. Auf Yang folgt Yin. Aber auf Yin auch wieder Yang! Das Problem mit der Bipolarität ist: Sie gleicht eher der Neuen Musik oder dem Free Jazz als der Euphonie[6], die Mensch sich so gerne immer und überall so wünscht. In der Musik der Bipolarität gibt es allerdings keine Takte mehr, keine einheitlichen Dauern, keine festgelegten, nach Regeln bestimmte Tonhöhen und Intervalle. Auch die Lautstärke

116

unterliegt ihren eigenen Regeln. Die Musik der Bipolarität ist frei. Frei, aber einsam. Der Bipolare ist somit ein einsames Wesen. Dennoch braucht er, um seine Phasen zu überstehen, ein vernünftiges Handeln. Er muss quasi immer so handeln, dass die Maxime seines Handelns als Teil einer allgemeinen Gesetzgebung gelten kann[7]. Und er handelt mit voller Gewissheit. Aber diese Gewissheit ist seine eigene. Trial-and-Error! Yin and Yang! Doktor Doof ist nun mal bipolar. Und doof…

Wahrheit

Ist das wahr, was Doktor Doof so schreibt und von sich gibt? Ist es wahr, wie er die Welt durch seine Brille sieht? Schwierige Frage! Doktor Doof hat ein Leben lang versucht, die Welt durch deren Brille zu betrachten! Er hat tausende von Brillen ausprobiert, war bei so vielen Optikern und Augenärzten und irgendwann war ihm das Geld zu schade, das er dafür ausgegeben hatte. Es war sinnlos. Er konnte einfach die Welt durch die Brillen der Welt nicht erkennen, immer war irgendwas unscharf und undeutlich, weder durch die rosarote noch durch irgendeine schwarz-rot-goldene Brille war irgendein Einblick zu gewinnen und ein Durchblick zu bekommen. Also zog er ganz einfach über viele Jahre, viele Jahre als Arzt und Arsch durch das System und er war viel zu kurzsichtig, um zu erkennen, was in Wahrheit darin so vorgeht. Aber irgendwann, nach langer Zeit, nachdem er sein Behandlungszentrum der Utopie eröffnet hatte, schärfte sich sein Sehsinn und die Strukturen der Welt wurden ihm klarer und klarer. Was ist Wahrheit?[1] Eine der prägnantesten Fragen der Weltliteratur an prägnanter Stelle, auf die auch der, der sagte, die

Wahrheit in die Welt zu bringen, keine Antwort hatte. Was ist Wahrheit? Mit der Wahrheit hat die Welt ein riesiges Problem. Sagen Sie bitte die Wahrheit und nichts als die Wahrheit! So oder so ähnlich heißt es vor Gericht. Und was passiert? Nichts! Oder meistens nicht viel. Denn Lügen haben kurze Beine und die Wahrheit kommt nur selten, vielleicht irgendwann ans Tageslicht. Nur wann ist dieses Irgendwann? Würde vor Gericht jeder und jederzeit die Wahrheit sagen, bräuchte man gar keine Verfahren und es gäbe gar keine Fälle. Das ist die Vorstellung eines Illusionisten aus einem Behandlungszentrum der Utopie! Aber in realiter? Gerichtsverfahren dauern häufig Jahre, weil es einfach an und mit der Wahrheit hapert. Und sie enden selten zur Zufriedenheit aller Beteiligten! Denn die Wahrheit ist etwas supersubjektives, jeder hat seine eigene Wahrheit. Und damit gibt es so viele Wahrheiten, wie es Menschen gibt und die Wahrheit an sich gibt es gar nicht, kann es auch nicht geben. In Stein gemeißelt ist die Wahrheit schon gar nicht. Sie verändert sich ständig, so wie die Welt sich ständig ändert. Wahrheit ist im Prinzip immer eine Behauptung. Wenn einer uns fragte: Aber ist es wahr? Könnten wir ihm sagen: Ja! Und wenn er Gründe verlangte, so könnten wir sagen: Ich kann dir keine Gründe geben, aber wenn du mehr lernst, wirst du auch dieser Meinung sein[2].

Deshalb hat sich Doktor Doof mehr und mehr von der Wahrheit der Welt zurückgezogen. Weil er sich ständig irrt. Und um seine Irrtumswahrscheinlichkeit gering zu halten, konnte er gar nicht anders, er musste ein Behandlungszentrum der Utopie gründen. Nicht um der Wahrheit auf den Grund zu gehen. Denn in diesem ganzen Irrsinn, Schwachsinn und Unsinn, der ihm dort und im Zusammenhang damit jeden Tag aufs Neue präsentiert wird, kann keine Wahrheit liegen. Und genau das ist das Körnchen Wahrheit an der ganzen Sache.

Deswegen hat er im Behandlungszentrum der Utopie die Prinzipien, die der Wahrheitsfindung dienen, auf ganz, ganz wenige Beispiele heruntergeschraubt. Es sind ganz alte Prinzipien, aber sie sind wahr:

1. Nil nocere[3]
2. Salus Aegroti suprema Lex est[4]
3. Medicus curat, Natura sanat[5]

Mehr nicht! Mehr braucht es nicht, um ein Behandlungszentrum der Utopie aufrecht zu erhalten.
Und Doktor Doof weiß nicht, warum er sich nicht daran halten sollte.

Symbolkrankheit

Lässt sich durch Nachdenken die Welt retten? Nein! Lässt sich durch Behandeln das Leid der Welt eliminieren? Nein! Es lässt sich vielleicht lindern, mehr aber auch nicht. Aber vielleicht reicht dies Welt ja auch schon aus. Vielleicht setzt sie Linderung des Leids mit Elimination des Leids gleich, was, im Grunde, eine Illusion ist. Und damit ist die Menschenwelt im Behandlungszentrum der Utopie bei Doktor Doof gut aufgehoben. Denn die Vorstellungen der Welt von der Elimination des Leids sind eine Illusion, ihre Welt eine Welt der Utopie und Doktor Doof ist ganz einfach doof. Doof aus dem Grunde, weil er nicht weiß, was die Menschheit, die zu ihm kommt, gerne hätte, dass er es wüsste und weil er nicht kann, was die gerne hätten, dass er es könnte. Doktor Doof ist und bleibt ganz einfach der große Unwissende

119

und der große Machtlose des Weltgeschehens. Er weiß leider nur allzu gut: Medicus curat, Natura sanat. Die Menschheit wird nun einmal nicht jünger, nur weil sie, die das so gerne wollen, zu ihm ins Behandlungszentrum der Utopie kommen, nachdem sie schon in soundso vielen Behandlungszentren der Welt gewesen waren und ihnen keiner, auch die dafür in großer Aufmachung Werbenden, diesen Wunsch erfüllen können und von diesem Leid erlösen. Doktor Doof hat das aber erkannt, er weiß darum, dass er ihnen das Leid im diesseitigen Leben ebenso wenig wegnehmen kann wie der große Meister, in dessen Kathedralen sich viele Menschen an Sonntagen und auch an anderen Tagen drängen und um Erlösung vom Leid bitten. Doktor Doof hat erkannt, dass der große Meister, auch wenn die Menschheit immer und immer wieder zu ihm drängt und ihn um Erlösung bittet, er dies, in diesem Leben zumindest, nicht gewähren kann. Denn auch: Deus curat, natura sanat[1].

Auch hier
grüßt täglich
das Murmeltier.

Immer wieder das Gleiche, immer wieder, der Film wiederholt sich in Endlosschleife ständig. Sie kommen ständig immer wieder, mit ihren Wehwehchen, Leidchen und Gebrechlein und fragen, wie das kann und wie das geht. Wie das wieder weggeht. *Du bist doch Arzt, Du musst das doch wissen!*
Doch Doktor Doof, man kann es nicht oft genug bezeugen, ist nun mal der philosophischste Arzt seit Sokrates und weiß, dass er nichts weiß.
Denn er weiß, dass er nichts kann, dass er zumindest das nicht kann, was die Menschheit gerne hätte, dass er es könnte. Aber Doktor Doof sieht die Dinge so, wie er die Dinge sieht.

Immerhin! Aber er kann die Dinge, die er sieht, leider der Menschheit nicht zeigen, dass sie die Dinge so sieht, wie er sie sieht. Und wieder einmal ist die Sprache das Problem. Die gegenseitigen Missverständnisse der gegenteiligen Sprachen. Die Grenzen meiner Sprache sind die Grenzen meiner Welt[2]. Kann man nicht sagen, nicht ausdrücken, nicht sprachlich darstellen und übersetzen, was man meint, kann man nicht verstehen, was gemeint ist. Und bleibt dadurch natürlich missverstanden. Deshalb lässt er das Sprechen besser sein, denn er weiß, dass seine Sätze dadurch erläutern, dass sie der, welcher sie versteht, am Ende als unsinnig erkennt, wenn er durch sie – auf ihnen – über sie hinausgestiegen ist[3].

Was natürlich Unsinn ist.

Also spricht er nicht darüber, sondern denkt sich seinen Teil. Aber er sieht so viele Dinge in seinem Behandlungszentrum der Utopie und auch in dem riesigen Behandlungszentrum der Illusion, das sich Welt nennt, über die er nachdenken muss. Kleine Dinge, manchmal klitzekleine Dinge, die aber manchmal Großes aussagen und auch manchmal große Wirkung zeigen. Und da die Welt sich selbst am besten anhand von Beispielen erkennt, bringt er einfach einmal wieder ein Beispiel.

Also:

Warum fangen mittelalterliche Männer vor, während und nach der Midlife-Crisis auf einmal an, Armbändchen zu tragen? Für Doktor Doof eine Beobachtung, die der Suche nach tieferer Erkenntnis bedarf. Warum ist das so? Die Pubertät, in der solche Selbstdarstellungen Usus sind, ist doch schon lange vorbei! Und wieder einmal ein Casus Knacksus! Ja! Sie ist vorbei! Aber vielleicht war sie auch nie da, wird aber dringend benötigt! Die Selbstdarstellung des plötzlichen Tragens von Armbändchen beim mittelalterlichen Mann hat höchste Symbolkraft und kann einen Erkenntnisgewinn von höchster Tragweite generieren.

Klar, es gibt auch Männer, die haben das Tragen von Armreifen seit ihrer Pubertät nicht mehr abgelegt, sie sind quasi in ihrer Pubertät stecken geblieben. Ewige Jugend! Und deswegen strömen sie, die Menschen, in ihrer Jugend und auch danach, wenn man wieder und immer noch jung sein will, zu ihnen, den jung gebliebenen Männern mit den Armreifchen und singen mit ihnen mit, tanzen mit ihnen mit, geraten sogar teilweise in Ekstase und klatschen bedingungslos Beifall.

Aber mittelalterliche Männer, denen eher Viagra winkt, als dass sie denen auf der großen Bühne zuwinken? Die sich, mutmaßlich, ihr Leben lang nicht für das Tragen von Armbändchen interessiert haben? Doktor Doof sucht wie immer nach Erkenntnis. Und diese kommt, natürlich, nicht wissenschaftlich, sondern spontan und intuitiv.

Das plötzliche Tragen von Armreifchen, beim mittelalten Mann als Symbol für etwas, das nie war, nicht ist und auch nicht sein wird? Ein in der Realität dargestelltes jung'sches Traumsymbol[4]? Ein Symbol als Hinweis auf ein verkacktes Leben? Nicht gelebt zu haben, was man leben wollte, nicht gehabt zu haben, was man haben wollte, nicht erreicht zu haben, was man erreichen wollte, aber dafür bekommen zu haben, was man gar nicht haben wollte? Doktor Doof erinnert sich an ein Gedicht, das er geschrieben hatte, kurz nachdem er die Pubertät verlassen hatte und dennoch nicht verlassen konnte:

Alles falsch[5]

Im falschen Film gewesen
Die falsche Musik gehört
Die falsche Brille aufgesetzt
Den falschen Beruf gewählt,
die falsche Partei sowieso

122

Das falsche Waschmittel benutzt,
sowie das falsche Parfüm
Den falschen Sender eingestellt
Den falschen Knopf gedrückt
Die falsche Schule besucht
Das falsche Glas ausgetrunken
Das falsche Programm eingeschaltet
Die falsche Entscheidung getroffen
Die falsche Strophe gesungen
Die falschen Eltern gehabt
Den falschen Eingang genommen,
den falschen Ausgang auch.

Das falsche Leben gelebt.

Doktor Doof fällt noch ein Gedicht von Bertolt Brecht ein.

Nach dem Aufstand des 17. Juni
ließ der Sekretär des Schriftstellerverbands
in der Stalinallee Flugblätter verteilen
auf denen zu lesen war, daß das Volk
das Vertrauen der Regierung verscherzt habe
und es nur durch verdoppelte Arbeit
zurückerobern könne. Wäre es da
nicht doch einfacher, die Regierung
löste das Volk auf und
wählte ein anderes[6]?

Trägt mittelalterlicher Mann symbolisch lieber Armreifen, als
dass er seinen schon immer ungeliebten Job an den Nagel hängt,
seine Alte, die ihm seit Jahrzehnten auf den Sack geht, rauswirft,

akzeptiert, dass nicht mehr geht, was noch nie gegangen ist und dieses Schnürzelleben, was er schon lange hinter sich lassen wollte, endlich hinter sich lässt? Nein! Denn mittelalterlicher Mann ist ein kleiner Mann, ist aber an etwas ganz Großem erkrankt: An Feigheit! Es fehlt ihm, wie bei vielen Krankheiten so vieles fehlt, an Mut. Habe Mut, dich deines Verstandes zu bedienen[7]! Aber Verstand, was ist das? Also bleibt er lieber in der zwar widersprüchlichen, weil unsinnig, irrsinnig und schwachsinnigen, aber angenehmen, weil verstandlosen, Welt sämtlicher 3-B, die man im brecht'schen Sinne nicht abwählen kann, zurück. Und trägt stattdessen lieber mit großer Symbolkraft Armbändchen!

Nil nocere!

Perfektionismus

Gedanken zum Perfektionismus, Gedanken über den Perfektionismus, über Menschen, die gerne perfekt wären und es nie werden und über solche, die sich für perfekt halten und es nie gewesen sind. Perfektionisten sind Illusionisten! Sie haben eine Vorstellung von Welt, die sie nicht ist. Trotzdem denken Sie, es sein zu müssen! Warum nur?

Man weiß es nicht. Es gibt keine Studien hierzu, zumindest keine, die aussagen, warum sie so sind, wie sie sind und warum das so ist, wie es ist. Perfekt will Mensch sein, weil Mensch denkt, dass alle anderen um ihn herum perfekt seien. Aber das ist eine Illusion, ein Trugschluss. Es ist die Vorstellung vom Sein im Sein, was nicht ist. Und was nicht ist, ist die Realität. Und Realität ist real im Sinne des Beobachters, wenn man das Sein der

Welt nur lange genug beobachtet. Denn die Welt spielt einfach nur Perfektion ihres Seins vor, gerät aber sehr schnell in die Seinsvergessenheit. Was kümmert mich mein Geschwätz von gestern[1], wenn ich heute etwas anderes behaupte? Das ist Seinsvergessenheit in Perfektion. Man muss nur in Perfektion immer wieder Welt beobachten und darüber nachdenken. Und erkennen, dass nichts und niemand perfekt ist.

Wie komme ich da drauf?

Durch Beobachtung und Nachdenken beim Tauchen. Das tut Doktor Doof zuweilen sehr gerne. Ist er doch nicht nur Spezialist in der Diagnostik und Therapie utopischer Krankheiten, sondern auch Taucherarzt. Und auch beim Tauchen denkt er über die Welt nach. Denn etwas, was er in der Tat nicht beherrscht, ist Seinsvergessenheit. Weiß er doch immer noch, wie scheiße er getaucht ist, als er angefangen hat, es zu tun. Heute, nach vielen Tauchgängen und mit großer Sicherheit dabei, weiß er, wie scheiße man sich fühlt, wenn man die Perfektion noch nicht beherrscht. Und jeder Anfänger und das zeigt sich immer wieder, beherrscht sie nicht. Nicht nur beim Tauchen, nein, in allen Lebenslagen ist das so. Es ist einfach real, weil man es immer wieder beobachtet und es in der Realität, beim Tauchen und in allen Lebenslagen, immer wieder zutrifft, dass man es beobachtet, wenn man es beobachtet.

Perfekt ist nur die Illusion von Perfektion und somit sind Perfektionisten alle Illusionisten.

Selbst das perfekteste Kunstwerk zeigt Fehler, wenn man es nur lange genug betrachtet!

Diesen Satz sagt der Kunsthistoriker Reger im Roman Alte Meister von Thomas Bernhard[2], nachdem er 30 Jahre lang den Bärtigen Mann von Tintoretto im Museum in Wien jeden Tag angeschaut hat. Perfektionisten sind einfach nur Illusionisten und rennen einer Lebenslüge, genannt Perfektion, hinterher. Perfekt ist im Grunde nur eine Zeit der Vergangenheit. Und die Illusion der Perfektion liegt im Plusquamperfekt, also zeitlich noch viel länger zurück. Perfektionisten sind Illusionisten und somit kranke Nonrealisten. Denn ihre Zeit spielt sich ständig in der Vergangenheit ab. Und leider vergessen sie oft die Gegenwart. Die nämlich, dass die Nonperfektionisten dort leben. Im Hier und Jetzt.

Egokrank

Pst! Heh, Sie, habe ich Sie schon wieder beim Lesen ertappt? Sie können es einfach nicht lassen! Aber so ist das nun mal mit allem Ungeheuerlichen und Verbotenen. Es ist wie mit der Pornographie: Keiner, wirklich keiner konsumiert sie und dennoch ist sie einer der größten Konsum- und Absatzmärkte in der zivilisierten Welt. Angeblich, laut Schätzungen, sei der Jahresumsatz der amerikanischen Porno-Medien-Industrie mittlerweile doppelt so hoch wie der des amerikanischen Mainstream-Kinos! Ja, das Verbotene, das moralisch Verbotene lockt immer. So wie verbotene Bücher die Menschen immer gelockt haben, trotz Verbot, dennoch darin zu lesen. Heute ist es immer noch so und deswegen ertappe ich Sie gerade dabei, in einem moralisch verbotenen Buch zu lesen. Und sie tut noch viel Schlimmeres, die Welt, als verbotene Bücher zu lesen, sie tut nämlich Verbotenes. Darin, im Tun von Verbotenem, ist sie groß, so groß, dass man die Gebote, auf höchstem Gipfel empfangene und in Stein gemeißelte Gebote, beim Anblick von Verbotenem am Boden zerschmettern muss. Es nützt auch nichts, die Menschheit in großen Fluten zu ertränken, sie übertritt danach dennoch immer wieder Gebote, indem sie Verbotenes tut. Das Böse ist einfach immer und überall[1]! Es lässt sich einfach nicht ausmerzen. Das Böse ist die Wurzel allen Übels, die Wurzel von Krankheit. Denkt Doktor Doof.

Warum denkt er das?

Nun, weil er permanent darüber nachdenkt und sich der Philosophie dabei bedient.

Die Arbeit an der Philosophie ist eigentlich mehr die/eine Arbeit an einem selbst. Und an der eigenen Auffassung. Daran, wie man die Dinge sieht (und was man von ihnen verlangt)[2].

Und so, wie er die Dinge sieht, erkennt er, dass das größte Übel der Egoismus ist. Doktor Doof weiß das, weil er selbst darunter leidet. Nicht nur er, viele, sehr viele, sehr, sehr viele leiden darunter. Der Mensch ist nun mal Primus inter Pares[3]. Ich, ich, ich! Ich zuerst! Große Geister und Gespenster sind ebenfalls davon betroffen. So sagte ein großsprechender Rothaariger einst America first[4]! und meinte es auch so! Und man glaubte es ihm auch, weil man es in Me first! übersetzte. Nun glaubt man, dass man ihm erneut glaubt. Das Ego steht im Mittelpunkt des Seins und ist gewissermaßen das Sein des Seins des Ganzen. Es gerät selten bis nie in Seinsvergessenheit. Dabei würde Menschheit sich besser häufiger mal selbst vergessen, selbstloser sein. Das wäre der Salutogenese sehr hilfreich. Denn das Ego ist die größte Krankheit der Weltgeschichte. Ohne diese keine Weltreiche aber auch keine Weltkriege. Keine staatliche Gewalt und keine häusliche Gewalt. Überhaupt keine Gewalt. Nur versucht Welt immer wieder, mit Gewalt und Egoismus den Anderen zu besiegen, und wendet dabei Gewalt an, nur um das eigene Ego durchzusetzen. Nicht die andere Wange hinhalten, was für ein Schmarrn[5], nein, Aug' um Auge ist das Gesetz der Welt. So sieht das Doktor Doof. Und diese Krankheit ist durch nichts zu behandeln und durch nichts zu heilen! Lediglich im Behandlungszentrum der Utopie bekommt man (manchmal) eine Illusion davon. Aber es ist und bleibt eine Illusion. Doktor Doof kann seinen Klienten seine Utopie einer friedlichen Welt nicht vermitteln. Denn außer am Ego ist er auch noch an einer weiteren verbotenen Krankheit erkrankt: Er ist Choleriker. Und kitzelt man sein Ego, flippt er aus. Viele Egokranke und die 3-B der Gesellschaft bringen ihn immer wieder auf die Palme. Und da die Mehrheit der Menschheit und somit fast die gesamte Gesellschaft mehr oder weniger egokrank ist, kommt er gar nicht mehr von seiner Palme herunter. Und fristet auf ihr ein trauriges Dasein. Er sieht die Zeit einfach noch nicht gekommen, sich und die Menschheit von dieser riesigen Krankheit zu heilen. Denn die Krankheit einer Zeit heilt sich durch eine Veränderung in der Lebensweise der Menschen und die Krankheit der Probleme könnte nur durch eine veränderte Lebensweise geheilt werden, nicht durch eine Medizin, die ein Einzelner erfand. Das sagt, mal wieder, Wittgenstein. Und er hat, mal wieder, recht. Doktor Doof, der im Grunde weiß, dass er nichts weiß, weiß, dass er recht hat. Und deshalb bleibt er schön auf der Palme in seinem Behandlungszentrum der Utopie.

Größenwahn

Doktor Doof macht gerne immer mal wieder den Nietzsche[1]: Ich bin kein Mensch, ich bin Dynamit[2]! Das ist ihm vor allem dann bewusst, wenn er abends zu viele Hülsenfrüchte gegessen hat. Dann spürt er zuweilen deren Sprengstoffgehalt am nächsten Morgen. Das geht aber vielen Menschen so, man könnte fast von einer Volkskrankheit sprechen, wenn es trommelt im Bauch aber nicht explodieren darf. Doktor Doof kennt das Explosive an sich. Andere auch. Die halten sich aber nicht für Nietzsche, es sei denn, sie sind größenwahnsinnig! Doktor Doof hat allerdings immer wieder den Eindruck, dass das viele sind, immer wieder treten solche Typen im Behandlungszentrum der Utopie auf.

Modestia est Signum Sapientiae[3]. Aber beides, in realiter: Fehlanzeige! In einer riesigen Irrenanstalt, in der der Schwachsinn, der Irrsinn und der Stumpfsinn regieren, regieren weder Bescheidenheit noch Weisheit. Es ist immer wieder das gleiche Spiel: Auf die Kacke hauen, wo gekackt wird! Wie sollte es auch anders sein? Mensch lernt nun einmal am Modell[4] am besten. Jeder ist seines Glückes Schmied und jeder sich selbst der Nächste. Und jeder versucht den anderen darin zu übertrumpfen, wo es nur geht. Wenn man sieht, wie Geld und Macht und zur Schau gestellter Reichtum die Welt regieren und die Regierungen, die uns durch die 3-B regieren, nur wie diese Schausteller regieren, wer also erkennt, wie die Welt regiert wird, der erkennt, dass Nietzsches Größenwahn nur ein kleiner Größenwahn gewesen sein kann. Er konnte allerdings gar nicht anders, als verrückt zu werden, selbst vor über 100 Jahren nicht. Die Normalität einer 3-B-Gesellschaft ist für einen tiefsinnig klardenkenden Verrückten einfach nicht auszuhalten. Wahrscheinlich wäre er heute schon viel früher verrückt geworden als damals mit 45 Jahren. Doktor Doof kann dieses Verrücktwerden gut nachvollziehen. Denn er lebt heute und nicht vor 150 Jahren. Und er lebt in einer Welt, der es an nichts mangelt und an nichts fehlt. Denkt man. Meint man. Es fehlt an so vielem! An gesundem Menschenverstand, an Takt- und Fingerspitzengefühl. An guten Sitten und Manieren. An einem Blick für den anderen, für die Dinge, die hinter den Dingen verborgen liegen. Es fehlt am Sinn für das einfache. Alle denken, noch höher, noch schneller, noch weiter sei immer auch noch besser. Beschleunigen um jeden Preis um dann, auf irgendwelchen fortschrittlichen Entschleunigungsworkshops, zu entschleunigen, damit man bald darauf wieder so richtig Gas geben kann. Das soll gesund sein, ein gesunder Umgang mit der modernen Welt. Mensch wird das weltweit und permanent medial immer wieder vorgekaut und vor die Füße gespuckt und er muss diese Rotze nur aufsaugen. Das ist normal, wer das nicht tut, ist nicht normal, irgendwie. Der, der das nicht tut, ist anders sozusagen. Aber keiner will anders sein als der andere, denn Andersartigkeit führt zur Ausgrenzung und Mensch bleibt nun einmal gerne innerhalb der Grenzen des Erlaubten und erfüllt die Normen. Das ist normal. Doktor Doof, der große Experte unter den Außenseitern, weiß allerdings, dass das nicht normal, sondern krank ist. Er sieht es im Behandlungszentrum der Utopie tagtäglich. Und er sieht es nicht, weil es eine Illusion, sondern weil es real ist. Täglich sitzen die in die Norm gepressten, durch sämtliche 3-B dieser Welt in die Norm gepressten Normalen vor ihm und präsentieren sich ihm nicht gesund, sondern krank. Doktor Doof hat nicht den Eindruck, dass das gesund ist, denn normalerweise kommen ja Kranke zu ihm und nicht Gesunde. Und uneigentliche Krankheiten, die Krankheiten, weswegen diese Kranken eigentlich zu ihm kommen, sind alles andere als gesund. Nur der Gesunde kann nicht im Geringsten erkennen, was daran krank ist, der daran Erkrankte kann es ebenfalls nicht erkennen, er merkt nur, dass er darunter leidet.

Nehmen wir einmal den Morbus Mobbing. Eine häufige Krankheit, eine Arbeitskrankheit, eine durch die Arbeit bedingte Erkrankung, allerdings nicht als Berufskrankheit anerkannt. Genau darin liegt das Problem, denn der Morbus Mobbing ist im ICD-10 gar nicht erwähnt, vielleicht so nebenbei in einem Nebensatz, aber so richtig ernst genommen wird er von der Fraktion der Nadelstreifenanzugspatenstecher[5] nicht. Diese schwere, häufige Krankheit ist durch die Normen und Regeln und

Formulare und Anträge der 3-B gar nicht diagnostizier- und behandelbar, sie fällt somit durch das 3-B-Raster. Doktor Doof hat allerdings, durch seine intensive Auseinandersetzung mit dem Morbus Mobbing-Komplex, erkannt, dass man diese Krankheit nach den Regeln der 3-B gar nicht behandeln kann, weil die 3-B hierfür gar keine Regeln haben. Und wie kann man über etwas sprechen, worüber man noch nicht einmal denken kann? Schon wieder landet man bei Wittgenstein. Und die Kranken landen auf lange Sicht bei den Psychiatern dieser Erde, weil sie eigentliche Erkrankungen wie Schlafstörungen, Appetitstörungen, Angststörungen und Depressionen und schlimmstenfalls wahnhafte Störungen bekommen und machen somit, wirtschaftsfördernd, die Pharmaindustrie reich, weil man eigentliche Erkrankungen gerne und erfolgreich mit Pharmazeutika behandelt. Wirtschaftsförderung ist politisch gewollt, das weiß sogar Doktor Doof, der sonst nichts weiß, weil er für alles Sinnvolle, den Unsinn, zu doof ist. Doktor Doof denkt, obwohl er doof ist, trotzdem gerne über solche Probleme nach und kommt, für sich allein im stillen Kämmerlein seines Behandlungszentrums der Utopie, zu den erstaunlichsten Lösungen. Warum eigentlich uneigentliche Erkrankungen, wie den Morbus Mobbing, nicht mit Bescheidenheit und Weisheit heilen? Mit Weisheit, wie es der legendäre König Salomon[6] getan hat, anstatt mit den Regeln und nach den Regelwerken einer modernen Kunst, der 3-B, die nichts taugen? Warum nicht mit Fingerspitzengefühl, Takt und Anstand lösen? Mit Anstand, anstatt statistisch, indem man eine Nummer oder ein Ticket zieht? Denn dadurch wird selten das große Los gezogen, wer auch immer, wie im Falle des Morbus Mobbing, daran beteiligt ist. Bescheiden und weise die Probleme der Welt, die Wurzel aller Krankheiten, lösen. Modestia est Signum Sapientiae...

Nietzsche starb äußerst bescheiden, nach über zehnjähriger vollständiger geistiger Umnachtung. Er hatte gar keine andere Wahl. Doktor Doof jedoch hat die Wahl. Deswegen führt er, in äußerster Bescheidenheit und Weisheit, seine Tasche für die Aufnahme in die stationäre Psychiatrie ständig mit sich!

Enzymkinetik

Wie löst man Probleme und wie heilt man Krankheiten? Dr. Doof stellt mal wieder extrem schwierige Fragen! Darüber haben sich schon wahrhaft große Geister große Köpfe zerbrochen. Mit mehr oder weniger Erfolg. Mehr bei der Behandlung von Krankheiten im eigentlichen Sinne, hier ist eine gewisse Erfolgsstory nicht von der Hand zu weisen, weniger bei der Behandlung von Problemen, die ja die uneigentlichen Krankheiten generieren. Oder umgekehrt, die uneigentlichen Erkrankungen, die die Probleme generieren. Diese gegenseitige Wechselwirkung ist ja das Schlimme an der Sache und der Hauptgrund, warum Welt die eigentlichen Krankheiten und damit die Probleme nicht in den Griff bekommt. Deshalb widmet sich Welt lieber den eigentlichen Dingen und den eigentlichen Krankheiten. Immerhin! Denkt man, meint man! Denn der Behandler im Behandlungszentrum der Utopie sieht das Uneigentliche mit all seinen Problemen, wie bereits zur Ermüdung des Lesers mehrfach genannt, jeden Tag vor sich sitzen und darf nicht müde werden, ständig an der Lösung der Probleme der Welt weiterzuarbeiten. Löst er die Probleme nicht, weiß er nicht, wer die Probleme löst. Begibt er sich nicht gemeinsam mit seinem problem- und krankheitsbehafteten Problempatienten auf die Reise durch sämtliche

Problemzonen des kranken Absurdistan[1], weiß er nicht, wer das sonst noch tut. Denn alle anderen scheinen aufgrund von Ermüdungserscheinungen, die dieses System in Behandlern hervorruft, aufgegeben zu haben, denkt er, meint er. Und er denkt und meint auch: Vollkommen zurecht! Denn kein Behandler der zivilisierten Welt hat je gelernt, die Probleme der Welt zu behandeln. Dafür hat jeder Behandler dieser Welt gelernt, die Michaelis-Menten-Gleichung[2] (MMG) der Enzymkinetik der eigentlichen Krankheiten in 11 Schritten zu lösen. Denkt und meint Doktor Doof, denn er hat das gelernt, diese Gleichung abzuleiten, um eigentliche Krankheit zu behandeln. Die Michaelis-Menten-Gleichung in 11 Schritten abzuleiten, ist wissenschaftlich höchst interessant und macht richtig Spaß, wenn man daran Interesse hat. Und für alle die, die das lesen und denken, Doktor Doof sei wirklich doof und damit auch richtig liegen, weil sie denken und meinen, das sei alles sehr unwissenschaftlich, was er da so über utopische Behandlungszentren mit illusionären Behandlungsmethoden erzählt, fügt er die Herleitung der MMG gleich am Schluss dieses Kapitels an. Ehre der Wissenschaft! Ehre, wem Ehre gebührt! Nur löst Ehre keine Lebensprobleme und auch die MMG tut es nicht. Denn es sind keine Enzyme, die jeden Tag aufs Neue vor Doktor Doof im Behandlungszentrum der Utopie sitzen, nein, es sind Menschen. Obwohl diese sehr viele Enzyme in sich tragen und diese für den Menschen so wichtig sind wie das tägliche Brot. Doch das ist eine ganz andere Wissenschaft.

Doch wie behandelt er, Doktor Doof, uneigentliche Krankheiten und durch sie (und umgekehrt) generierte Lebensprobleme? Da er nicht weiß, wie man das im Allgemeinen tut, weil es kein Allgemeingut der Behandler dieser Welt ist, Lebensprobleme und uneigentliche Erkrankungen zu lösen, macht er es einfach so, wie er denkt, es machen zu müssen. Und Doktor Doof hat viele, viele

Jahre seines Lebens benötigt, zu wissen, was er tun soll, wenn man überhaupt keine Ahnung davon hat. Deswegen hat er die Kunst entwickelt, mit der Illusion zu behandeln. Und seine Zugangswege hierzu sind die Verkaufsstrategien der Illusion durch Imagination von Kompetenz. Und auch hier arbeitet er einmal mehr mit dem Kunstgriff der Kontradiktion:

- Sicheres Auftreten bei vollkommener Unsicherheit!
- Intelligentes Gesicht bei vollständiger Ahnungslosigkeit!
- Anpacken, wo im Grunde gar nichts fassbar ist!

Er macht es einfach so, wie es schon so viele große Geister vor ihm getan haben und viele kleine Geister, die clever sind, immer noch tun.

Mundus vult decipi, ergo decipiatur[3]!

Doktor Doof ist das natürlich durch und durch bewusst, weil es die einzige Möglichkeit ist, mit Welt klarzukommen, obwohl ihm das, im Grunde, zuwider ist. Aber er hat nun einmal keine andere Wahl. Die Menschen wollen nun einmal A) angenehmes, B) nützliches und C) was die Nachbarn neidisch macht. Und dieses C ist nun einmal die Marktlücke, in die man eindringen muss[4], um Welt zu befriedigen und in Welt zu bestehen. Doktor Doof ist ein guter Schauspieler geworden, er imitiert die Welt ganz einfach. Und somit versucht er, den Ratsuchenden nicht mit Verstand und Wissenschaft zu überzeugen, denn das führt zu nichts, nein, er verkauft ihm den Traum C, den er auch schon dem Nachbarn verkauft hat. Und was dem Nachbarn geholfen hat, muss auch dem Nachbarn des Nachbarn helfen, denkt dieser, meint dieser. So ist Doktor Doof, nach jahrelanger, mühsamer Arbeit an sich selbst zum sophisticated[5] Doctor geworden, einem großen Sophisten[6], der die Verkaufsstrategien der Illusion einer utopischen Medizin in einer sinnentleerten Welt aus dem

Effeff beherrscht. Er ist somit zu einer großen Laberbacke der Utopie geworden, um mit dem Verkauf von Träumen der Illusion seiner Klienten die Realität zu nehmen. Denn genau das ist es, was sie wollen, was Welt will. Und um den Wissenschaftlern unter den Illusionisten den Zahn der Utopie zu ziehen, dies sei alles unwissenschaftlich, was Doktor Doof hier so publiziert, leitet er für diese jetzt einfach die Michaelis-Menten-Gleichung (MMG) der Enzymkinetik in 11 Schritten ab!

Keine Angst, Otto Normalverbraucher[7]! Das ist nur für die Hochflieger unter den Überfliegern gedacht. Sie, ja, Sie, können das gerne überfliegen. Es geht danach dennoch im Text weiter.

Die Herleitung der Michaelis-Menten-Gleichung (MMG):

Die Ausgangslage ist eine Reaktionskette mit vorgelagertem, schnellem, reversiblem Gleichgewicht. Da einer der Stoffe Katalysator ist, bildet er sich zurück. Statt einer Reaktionskette haben wir einen Katalysereaktionszyklus.

Zur Herleitung der Michaelis-Menten-Gleichung gehen wir aus Praktikabilitätsgründen von der linear formulierten Reaktionskette aus:

$$(1) \quad E + S \rightarrow k_1 \rightarrow ES \rightarrow k_2 \rightarrow E + P$$
$$\leftarrow k_{-1} \leftarrow$$

In den folgenden Gleichungen bedeuten

(E)   = Konzentration des Enzyms zum betreffenden Zeitpunkt
(E)$_0$ = Gesamtkonzentration des Enzyms
(ES)   = Konzentration des Enzymsubstratkomplexes zum betreffenden Zeitpunkt
(S)   = Substratkonzentration zum betreffenden Zeitpunkt

Die Bildungsgeschwindigkeit von ES ist die einer Reaktion 2. Ordnung

$$(2) \quad \frac{d(ES)}{dt} = k1 \cdot (E) \cdot (S)$$

Außerdem wird ES durch zwei Reaktionen 1. Ordnung abgebaut, einmal durch die Rückreaktion im Sinne eines Komplexzerfalls und weiter durch die Produktbildung.

$$(3) \quad -\frac{d(ES)}{dt} = k_{-1} \cdot (ES) + k_2 \cdot (ES)$$

Im Gleichgewichtszustand (Steady State) sind die beiden Geschwindigkeiten gleich:

$$(4) \quad k_1 \cdot (E) \cdot (S) = k_{-1} \cdot (ES) + k_2 \cdot (ES)$$

Die folgenden Rechnungen zielen darauf, die unbekannten Konzentrationen von ES und E in den Gleichungen zu isolieren, um sie zu Gunsten messbarer Größen zu eliminieren.

Wir fassen die rechte Seite in Gl. (4) zusammen, teilen durch k_1 und bekommen einen Ausdruck, in dem alle Geschwindigkeitskonstanten in einem Term zusammengefasst sind.

$$(5) \quad (E) \cdot (S) = \frac{k_{-1} + k_2}{k_1} (ES)$$

Der Konstanten-Term in (5) ist die berühmte Michaelis-Konstante K_M in der Form von Briggs-Haldane.

$$(6) \quad k_M \equiv \frac{k_{-1} + k_2}{k_1}$$

(Merkhilfe: Im Nenner steht die Geschwindigkeitskonstante der ES-Bildungsreaktion. Der Zähler ist die Summe der Konstanten der beiden ES-Zerfallsreaktionen.)

Man erkennt, dass K_M keine Gleichgewichtskonstante im Sinne einer Komplexbildung ist, sondern eine echte kinetische Konstante. Man kann sie zur Verdeutlichung auseinandernehmen.

$$(6a) \quad k_M = \frac{k_{-1}}{k_1} + \frac{k_2}{k_1}$$

Hierbei ist der Quotient k_{-1}/k_1 eine Gleichgewichtskonstante, die die Dissoziation eines Komplexes beschreibt. Michaelis und Menten nannten sie Substratkonstante K_s.

$$\text{(6b)} \quad K_S = \frac{k_{-1}}{k_1} = \frac{(E) \cdot (S)}{(ES)}$$

Der Term k_2/k_1 beschreibt dagegen als kinetische Konstante eine lineare Folgereaktion des Typs $A \rightarrow B \rightarrow C$.
Ist k_2 sehr klein im Vergleich zu k_{-1}, so haben wir den Michaelis-Menten-Fall mit $K_M = K_s$.

(5) und (6) ergeben zusammen

$$\text{(7)} \quad (E) \cdot (S) = K_M \cdot (ES)$$

[ES] ist unbekannt. Mit der für die Kinetik üblichen stöchiometrischen Randbedingung $[E]_0 = [E] + [ES]$ folgt aus (7)

$$\text{(8)} \quad E_0 \cdot (S) - (ES) \cdot (S) = K_M \cdot (ES)$$

Wir lösen die Gleichung nach [ES] auf.

$$\text{(9)} \quad (ES) = \frac{(E)_0 \cdot (S)}{K_M + (S)}$$

Die ebenfalls unbekannte Konzentration von E können wir durch folgende Überlegung eliminieren: Die Geschwindigkeit der Gesamtreaktion, also die Produktbildung, hängt vom Zerfall von ES in Richtung auf die Produktbildung ab. Das Gesetz gilt nur, wenn es sich bei der Geschwindigkeit, um die von Michaelis und Menten eingeführte Anfangsgeschwindigkeit v_0 der Enzymreaktion handelt.

$$\text{(10)} \quad v_0 = k_2 \cdot (ES); \, daraus \, folgt: (ES) = {v_0}/{k_2}$$

Wir setzen ES aus (10) in (9) ein und erhalten nach Umformung

$$\text{(11)} \quad v_0 = \frac{k_2 \cdot (E)_0 \cdot (S)}{K_m + (S)}$$

Der Ausdruck $k_2 \cdot [E]_0$ ist die Maximalgeschwindigkeit V_{max}, d. h. diejenige Geschwindigkeit, die man erhält, wenn die gesamte Enzymmenge in der Form ES vorliegt. Das ist die Geschwindigkeit, bei der das Enzym unter Bedingungen der Vollsättigung arbeitet. Hier ist das Bildungsgleichgewicht des ES-Komplexes vollständig auf die Seite ES verschoben; $[ES] = [E]_0$. Nach dem Zerfall von ES zu E + P wird das freiwerdende aktive Zentrum augenblicklich wieder von Substratmolekülen besetzt. Dies wirkt sich aus, dass Produkt gebildet wird, ohne dass die Konzentration des Substrats merklich abnimmt. Man kennt dies von Reaktionen Nullter Ordnung, die auch von der heterogenen Katalyse her bekannt sind.

Mit (11) erhalten wir die endgültige Michaelis-Menten-Gleichung.

$$(12) \; v_0 \; = \; \frac{V_{max} \cdot (S)}{K_m + (S)}$$

Credo[1]

Wie geht man mit den 3-B um, wie behandelt man diese, wie setzt man sich mit diesen auseinander? Nun, wie man dies tut, weiß Doktor Doof natürlich nicht, weil es keine allgemeingültigen Regeln und Regelwerke gibt, wie man mit den 3-B umgeht, wie man sie therapiert und sich in Bezug auf diese therapieren lässt. Doktor Doof weiß nur, wie er mit den 3-B umgeht und sich behandelt, wenn ein Therapiebedarf notwendig, und dieser ist immer notwendig, ist. Doktor Doof hat hierfür natürlich auch seine drei Musketiere im Köcher: Seine 3-D: Dranbleiben, durchhalten und Disziplin.

Und damit wehrt er sich erfolgreich, mehr oder weniger erfolgreich, gegen alle 3-B dieser Erde. Man hat, und Doktor Doof ist in diesem Falle man, gar keine andere Chance, als sich mit diesen 3-D gegen die 3-B zur Wehr zu setzen. Denn es gibt keine anderen Therapien und Behandlungsmöglichkeiten gegen diese, es gibt keine Medizin und keine Schlachtpläne, um sich gegen diese zur Wehr zu setzen. Es gibt wirklich nur die 3-D! Und es ist im Grunde Doktor Doofs Credo, sich jeden Tag aufs Neue diese 3-D bewusst zu machen.

Dranbleiben, durchhalten, Disziplin.

Das sind die Grundvoraussetzungen, um ein Behandlungszentrum der Utopie zu führen und in einem Behandlungszentrum der Utopie zu bestehen. Denn dranbleiben, durchhalten und Disziplin sind für die eigentliche Welt Fremdwörter, aus diesem Grunde kann man die uneigentlichen Erkrankungen dieser Welt, ebenso wie die 3-B, nicht behandeln, da es dieser 3-D Eigenschaften hierfür bedarf. Also geht man, zur Behandlung der 3-B, ins Behandlungszentrum der Utopie, wo die 3-D jeden Tag aufs Neue aufgefrischt werden. Sämtliche Mitarbeiter und Mitarbeiterinnen im Behandlungszentrum der Utopie sind in den

140

Eigenschaften der 3-D hervorragend ausgebildet und werden ständig aufs Neue darin geschult. Die Mitarbeiter und Mitarbeiterinnen im Behandlungszentrum der Utopie sind somit regelrechte 3-D-Experten. Denn die Behandlung der 3-B-Krankheiten mit den Eigenschaften der 3-D sind in der eigentlichen Welt eine Illusion. Und um sich diese Illusion nicht nehmen zu lassen, die 3-B dieser Welt dennoch behandeln und therapieren zu können, hat Doktor Doof die Kunst der 3-D entwickelt und bildet sämtliche Menschen, die dies möchten, ständig in der Kunst der 3-D aus. Das Behandlungszentrum der Utopie ist somit nicht nur ein Behandlungszentrum eigentlicher und uneigentlicher Erkrankungen, sondern auch ein Schulungszentrum, die Ursachen der uneigentlichen Erkrankungen, die 3-B, sinnvoll und effektiv zu behandeln und aus sämtlichen Leben sämtliche 3-B-Erkrankungen zu eliminieren. Dies, dieses Vorgehen, die 3-B-Krankheiten mit den Behandlungsmöglichkeiten der Utopie, den 3-D, zu behandeln, ist natürlich eine Mammutaufgabe[2]! Denn die 3-B-Krankheiten sind keine Illusion, sondern real und kommen ubiquitär vor. Es ist eine wahre Herkulesaufgabe[3], mit den Methoden der 3-D die Krankheiten der 3-B zu therapieren und damit zu eliminieren. Das liegt zum Teil auch daran, dass die Behandlungsmethoden der 3-D zur Elimination der 3-B sich noch nicht flächendeckend durchgesetzt haben, weil das Interesse an Diagnostik und Therapie der eigentlichen Erkrankungen eigentlich immer noch ubiquitär im Vordergrund steht, so dass das Uneigentliche, was ja eigentlich die Ursache aller eigentlichen Erkrankungen und Lebensprobleme darstellt, immer noch ein Hinterhofdasein fristen muss. Aber Doktor Doof wäre nicht doof und Doktor Doof, wenn er sich nicht dieser Herkulesaufgabe annehmen und ständig darum kämpfen würde, die 3-D, als Behandlungsmethoden sämtlicher 3-B dieser Welt, immer wieder aufs Neue zu propagieren und zu versuchen, diese weltweit durchzusetzen. Er weiß, dass er, mit dieser Aufgabe, noch ganz am Anfang steht, aber er weiß auch, dass er sonst keine andere Chance hat. Und um diese Aufgabe wahrzunehmen, bedient er sich einfach seiner von ihm, mit ihm und durch ihn entwickelten Eigenschaften:

Dranbleiben, durchhalten, Disziplin!

Krankheitsdarstellung

Wie kann man Krankheit darstellen? Wieder einmal eine schwierige Aufgabe, deren einfache Erklärung intensivstes Nachdenken bedarf. Denn einen Sachverhalt einfach darzustellen ist eine komplexe Aufgabe, das ist eine Tatsache und somit der Fall. Unter Darstellung (von dar = öffentlich übergeben) versteht man die Umsetzung von Sachverhalten, Ereignissen oder abstrakten Konzepten mittels Zeichen, performativer Handlungen oder Modellen. Historisch reicht die Darstellung von der mündlichen Überlieferung über das Schauspiel bis zur Computergrafik und schließt zahlreiche Vermittlungsmethoden zwischen Text, Bild und künstlerischer Aufführung ein.

Und das alles in einfache Worte zu packen und für Otto Normalverbraucher verständlich zu formulieren, ist in der Tat eine schwierige Aufgabe. Denn es gibt viele Möglichkeiten zur Darstellung, die philosophisch und wissenschaftlich angewandt werden, dessen sich natürlich auch die Medizin, zur Darstellung der eigentlichen und weniger der uneigentlichen Erkrankungen, bedient.

So gibt es zum Beispiel die schematische Darstellung. Als Schematismus werden philosophische Positionen bezeichnet, die dem Schema als abstrakter Form und der Handlung zu seiner Erzeugung eine grundlegende Rolle zuweisen. Dem Schema können zahlreiche Bedeutungen zukommen: Zeichen und Vorzeichen, auch geometrische Figuren, Tanzschritte, Argumentationsformen und Formen vorgetragener Rede.

Als philosophisches Programm tritt der Schematismus in der Neuzeit zunächst bei Francis Bacon[1] auf, das will Doktor Doof hier allerdings nicht weiter vertiefen, weil er zu doof ist, das zu verstehen, ohne sich darin zu vertiefen. Auch der alte Kant hat hierzu seinen Senf abgegeben. Bei ihm wird der Schematismus zu einem Angelbegriff der Erkenntnistheorie, der Sinnlichkeit und Verstand miteinander verbindet und die gestaltende Handlung bezeichnet, die Schemata erzeugt. Aber Doktor Doof ist zu doof, um Kant zu verstehen.

Also versucht er sich einmal an der Erklärung einer anderen Darstellungsform, der symbolischen Darstellung. Diese nutzt Formen (Symbolisierungsformen) wie beispielsweise Strukturdiagramme, Flussdiagramme, Grafiken, Tabellen usw. Der Umgang mit der Symbolsprache verlangt aber ein hohes Abstraktionsvermögen. Auch hier ist Doktor Doof wieder zu doof dafür, zum einen, um es zu verstehen, zum anderen, um es zu erklären. Nützt aber alles nichts, trotzdem muss er in seinem Versuch, die Darstellung von Krankheit darzustellen, fortfahren. Warum es nicht einmal mit der reellen Darstellung versuchen? Die gibt es allerdings nur in der Mathematik. Dort sind reelle Darstellungen ein Begriff der Darstellungstheorie mit zahlreichen Anwendungen in Physik und Mathematik. Dieser bezeichnet Darstellungen auf einem komplexen Vektorraum[2], die durch Tensorieren[3] mit den komplexen Zahlen aus einer Darstellung auf einem reellen Vektorraum entstanden sind. Das ist Doktor Doof nun aber wirklich zu kompliziert. Er persönlich weiß ja, dass allen Krankheiten, den eigentlichen und den uneigentlichen, eigentlich quantenphysikalische Phänomene zu Grunde liegen. Aber Krankheiten durch Tensorierung in einem komplexen Vektorraum darstellen? Das übersteigt bei weitem seine Möglichkeiten, das ist noch nicht einmal mehr utopisch. Also, wieder nichts, wieder keine Darstellungsform gefunden, komplexe Sachverhalte einfach darzustellen.

Bleibt noch die virtuelle Darstellung, die Darstellung und gleichzeitige Wahrnehmung einer scheinbaren Wirklichkeit und ihrer physikalischen Eigenschaften in einer in Echtzeit computergenerierten, interaktiven virtuellen Umgebung. Das ist doch mal etwas für die fortschrittsorientierte und fortschrittsgläubige Welt, die sämtliche 3-B dieser Erde in Schnürzelwelt gerne haben und durchsetzen möchten. Doktor Doof allerdings ist sich nicht sicher, ob er diese Darstellungsform zur Darstellung von Krankheit und somit zur Diagnostik und Therapie sämtlicher eigentlicher und uneigentlicher Erkrankungen, die tagtäglich und immer wieder bei ihm auftauchen, in seinem Behandlungszentrum der Utopie etablieren kann. Dies alles scheint ihm sehr utopisch, eine riesige Illusion, die Imagination einer virtuellen Welt mit virtueller Behandlung realer Erkrankungen versetzt ihn vielmehr in Angst und Schrecken.

Somit bleibt er also bei seiner herkömmlichen Art, Krankheit und Krankheiten darzustellen, bei der realen Darstellung, für die es auch bei intensiver Suche im WWW[4] keine Definition gibt, wohingegen alles, was er zu den oben genannten anderen Darstellungsformen dargestellt hat, dort abgeschrieben hat. Die reale Darstellung gibt ihm die Möglichkeit, die Dinge beim Namen zu nennen, so wie sie sind. Butter bei die Fische und sagen, was Sache ist. Denn was gesagt werden kann, das kann klar und deutlich gesagt werden und worüber man nicht sprechen kann, darüber muss man schweigen[5].

Doktor Doof hat mal wieder in seine Tasche, in seine für die stationäre Aufnahme in die Psychiatrie gepackte Tasche, geschaut und nachgesehen, ob noch alles drin ist. Zudem hat er im Behandlungszentrum der Utopie in seinen Schrank geschaut, ob da noch alle Tassen drin sind. Denn sollte er in der Tat einmal abgeholt werden, wovon er im Grunde ausgeht, will er alles in schönster Ordnung hinterlassen. Denn Ordnung zu hinterlassen, ist ihm heilig, weil er von Chaos über Chaos umgeben ist und er nicht auch noch in die Chaosforschung[1] einsteigen möchte, da er die Chaostheorie[2] nicht versteht. Aber, wie immer, hat er auch hier keine Chance und muss sich den Tatsachen beugen. Denn Welt versinkt leider immer mehr im Chaos, je mehr Bürokraten losziehen, die Bürokratie abzubauen, desto mehr Chaos entsteht. Und das ist leider keine Utopie, sondern Realität. Das denkt nicht nur er, meint er, sondern alle, die das Behandlungszentrum der Utopie aufsuchen, aus dem Grund, weil sie von den 3-B dieser Welt mürbe und verrückt gemacht worden sind, denken das. Und viele, leider viele von denen, die das denken, können das gar nicht mehr denken, weil sie schon durch und durch verrückt geworden sind und aufgrund dieser Verrücktheit nicht mehr klar denken können. Leider ist das nicht das Schlimmste, dass sie nicht mehr klar denken können, sondern dass sie sich total verrückt benehmen. Denkt Doktor Doof und fragt sich, ob das normal ist, weil die, die sich so verhalten, denken, Doktor Doof sei verrückt und sie selbst vollkommen normal. Tja, that depends on the Perspective. Das zeigt sich einmal mehr bei der Klassifikation der Verrücktheit. Doktor Doof hat einfach das Gefühl, immer mehr verrückt zu werden, je mehr er sich den Sorgen und Nöten, der Lebensprobleme der Normalen mit ihren eigentlich uneigentlichen Krankheiten, annimmt. Und da ihm, wie so oft, keiner hilft und er nichts und nirgends etwas finden kann, um zu beschreiben, was beschrieben werden muss, weil es dringend einer Beschreibung bedarf, muss er sich wieder einmal mehr selbst darum bemühen. Und er tut das, was er nicht, was er eigentlich niemals tun sollte: Er denkt nach! Und er findet neue Krankheiten und klassifiziert diese, weil sie im ICD-10 noch nie beschrieben worden sind. Doch es sind ganz einfache und für jeden verständliche Beschreibungen, weil sie nur ein intuitives Verständnis erfordern. Das intuitive Verständnis von Sachverhalten ist eine archaische Eigenschaft, die jedem von Natur aus gegeben ist! Naja, fast jedem! Vielen Homo Sapiens[3] ist diese Eigenschaft bedauerlicherweise während ihrer Lebenskarriere als Homo Erectus[4] abhandengekommen. Schuld daran ist ihre ständige Auseinandersetzung mit den 3-B aller Gesellschaften, deren Kernaufgabe es ist, den Menschen alle angeborenen Fähigkeiten wie Instinkt, Intuition, Orientierung und Überlebenssinn beim ständigen Gang durch die Instanzen, nach und nach, aber zielgerichtet, abzugewöhnen. Deshalb kann sich kaum einer mehr auf seinen Instinkt und seine Intuition verlassen, sondern nur noch auf sämtliche Regelwerke und Vorschriften. Und auf die Technik, die mehr und mehr den Menschen ihre angeborenen Eigenschaften wie Intuition und Instinkt durch immer mehr und immer künstlichere Intelligenz aus der Hand nimmt, wenn überhaupt noch etwas da sein sollte, was man aus der Hand nehmen kann. Aber wer sich auf die 3-B und die Technik verlässt, wird irgendwann, und irgendwann ist immer irgendwann, feststellen, dass er von allen guten Geistern verlassen ist. Und zwar dann, wenn sie versagt, die Technik oder wenn sie Feierabend haben, die 3-B. Dann ist Hopfen und Malz verloren! Dann bräuchte man die FIFI-Eigenschaften, um sinnvoll überleben zu können: Fingerspitzengefühl, Intuition, Feingefühl und Instinkt. Aber was Mensch nicht mehr hat, das hat er nicht mehr, sorry! Und wer

nun denkt, das sei alles Mist, was der doofe Doktor jetzt wieder von sich gibt, der irrt! Und zwar gewaltig! Denn Doktor Doof hat das in seiner langen Karriere als Behandler, als er immer wieder versuchte, mit der realen Welt klarzukommen, in der Realität erlebt. Hat erlebt, dass man psychisch schwer kranke Menschen nicht in die stationäre Psychiatrie einweisen konnte, weil die Behörden schon Feierabend hatten. Und das ist nicht nur verrückt, nein, es ist krank. Doktor Doof kann einfach immer wieder nur konstatieren, dass das Normale in der Gesellschaft für ihn einfach komplett verrückt ist. Da er den normalen Lebewesen in seiner Denk- und Vorstellungswelt bezüglich Normalität diametral entgegengesetzt ist und im Grunde nichts mehr zu befürchten hat, da seine Tasche immer gepackt ist, muss er zwangsläufig immer wieder darüber nachdenken, wie man zwischen normal und abnormal unterscheiden kann. Und deshalb erfindet er immer wieder neue Krankheiten, die, für ihn, nicht normal sind, die aber, auf der anderen Seite so normal sind, dass er sie jeden Tag aufs Neue im Behandlungszentrum der Utopie sehen muss.
Und jetzt wird es mal wieder Zeit für ein paar Beispiele!
Doktor Doof bringt sie!

A) MOWA
B) MOREWA
C) MOSUREWA

Was jetzt kommt, ist total verrückt!
Wer sich nicht traut, auf diesem Weg des absoluten Unsinns weiterzugehen, lasse es besser. Ansonsten fährt der gute Doc jetzt damit fort und versucht zu erklären, was es mit dem oben Genannten so auf sich hat. Und es bedarf sehr viel Verrücktheit, das Folgende nachzuvollziehen. Denn die oben genannten Krankheitsbilder bauen aufeinander auf, B ist die Steigerung von A

und C von B. Somit ist die Klassifikation schon vorgegeben. Allen ist gemeinsam, dass man die Tassen im Schrank nicht mehr suchen muss, weil man sie dort gewiss nicht mehr findet. Und der Doc braucht jetzt die gedankliche Unterstützung seiner Leser, braucht Intuition, Imagination und Irrsinn, denn diese Eigenschaften sind für das Verständnis des Folgenden Grundvoraussetzung. Das braucht es einfach, um das Undenkbare zu denken und darüber nachzudenken.

Gut, fangen wir an!

A) MOWA = Morbus Waffel.

Die folgenden Zeilen haben keinen Inhalt, bleiben sozusagen leer. Der Doc gibt dem Leser hier die Möglichkeit, alles zu denken, was er mit dem genannten Krankheitsbild assoziieren und sich zu und über die daran Erkrankten vorzustellen vermag!

Na schön! Haben Sie irgendeine Vorstellung? Nun, Sie liegen gewiss nicht falsch in dem, was Sie denken.

Weiter im Text…

B) MOREWA = Morbus Reiswaffel

Wie gesagt, B ist die Steigerung von A! Also, bitte anschnallen und dem Assoziieren freien Lauf lassen! Dafür haben Sie ein paar freie Zeilen mehr Zeit.

C) MOSUREWA = Morbus Superreiswaffel

Das ist wie gesagt, der Höhepunkt. Und Doktor Doof fordert den Leser nun nicht mehr heraus, seine Vorstellungskraft herauszufordern. Für Doktor Doof sind die an MOSUREWA Erkrankten eine Spezies, die Diäten[5] bekommt, obwohl sie nicht arbeitet, ständig Unsinn verzapft und trotz Diät immer fetter wird.

Da sage einer, Doktor Doof, der wirklich zu doof für alles ist, hätte kein Verständnis für das Normale der Normalität. Stimmt, hat er wirklich nicht! Dafür ist er einfach zu doof.

Morbus Rente

Warum setzt sich Doktor Doof eigentlich mit Krankheit auseinander, warum behandelt er nicht einfach Krankheiten? Er weiß es selbst nicht, nicht so wirklich, diese Frage beschäftigt ihn schon seit Jahrzehnten. Möglicherweise interessiert ihn das Warum? einfach mehr als das Was? das Warum ist das so? mehr als das Was ist das? Er denkt einfach über das Undenkbare nach, er weiß, dass das so ist, was er da tut, aber warum das so ist, davon hat er keine Ahnung. Das hat er mal wieder nicht selbst erfunden, sondern in leicht veränderter Form abgekupfert. Ein Professor der Anatomie sagte einst: Wir wissen in der Medizin, dass das so ist, aber warum das so ist, das weiß kein Mensch! Und dieser Satz hat sich bei Doktor Doof tief ins Gedächtnis eingeprägt und hat ihn seitdem nicht mehr verlassen. Er ist somit ein sehr ungläubiger Mensch, da er immer wieder nachdenkt, warum etwas ist, wie es ist. Für einen gutgläubigen Menschen ist das viel einfacher, für den ist einfach Gott das Alpha und das

Omega[1] und somit sind und bleiben keine Fragen nach dem Warum mehr offen. Aber für Doktor Doof ist das nicht so! Und warum ist das nicht so? Weil er mit dem: Es ist so, wie es ist! seiner Klienten im Behandlungszentrum der Utopie nicht weiterkommt, weil diese ständig und immer wieder nachfragen, warum das so ist, wie es ist.

In der Tat!

Und hier helfen am besten mal wieder Beispiele weiter, um das Gedachte zu verdeutlichen.

Man nehme einfach einmal den Morbus Rente. Und das nun Folgende ist wieder einmal nichts für die, die sich über das von Doktor Doof Gedachte aufregen. Denn es gibt viele, die sich nicht nur über das, was er dazu denkt, aufregen, nein, es gibt auch viele, die sich darüber aufregen, wie und worüber er über dieses Thema, diese Tatsache mit allen Sachverhalten denkt, aufregen und die sich auch selbst über dieses Thema aufregen.

Denn im Prinzip ist in einer Leistungsgesellschaft, in der immer weniger die Leistung zu zählen scheint, jeder, naja, fast jeder, vom Thema Rente betroffen. Das Thema ist, wie alle Themen, über die Doktor Doof nachdenkt, nämlich wieder einmal sehr vielschichtig!

Für den einen mehr, für den anderen weniger, für den einen früher, für den anderen später.

Rente. Der Begriff ist im Prinzip nur eine Abkürzung für viele Bedeutungsinhalte. So wie Rentenwunsch, Rentenversicherung, Rentenbegehren, Rentenantrag, Rentenverfahren und Rentenantragsablehnung. Und um Sachverhalte besser darstellen zu können, bedarf es manchmal einfach einer schematischen Darstellung. Und Doktor Doof nutzt hierzu die 4-Felder-Tafel nach Eisenhower:

	Früher		Später
Jeder	<	Rentenwunsch	>
Nicht jeder	<	Rentenversicherung Rentenbegehren Rentenantrag Rentenverfahren Rentenantragsablehnung	>

Noch Fragen offen? Ja? Dann komme man bitte zu Doktor Doof ins Behandlungszentrum der Utopie, denn dort tritt das Thema fast jeden Tag auf und er muss sich in irgendeiner Form auch fast jeden Tag damit auseinandersetzen. Und auch hier muss er sich wieder, zur besseren Illustration komplexer Sachverhalte, einer Mehrfeldertafel bedienen. Denn zu jeder / nicht jeder und früher / später tritt auch noch der Bias[3]: Was ist das? / warum ist das so? hinzu.

Und da es hierfür keine 4-Felder-Tafel nach Eisenhower gibt, hat er deshalb die Mehrfelder-Tafel nach Doktor Doof entwickelt:

	Frü-her		Spä-ter	
Jeder	<	Rentenwunsch	>	
Nicht Jeder	<	Rentenversicherung	>	was ist das? warum ist das so?
	<	Rentenbegehren	>	JA!
	<	Rentenantrag	>	was ist das? warum ist das so?
	<	Rentenverfahren	>	was ist das? warum ist das so?
	<	Rentenantragsablehnung	>	was ist das? warum ist das so?

Tja, jetzt wird's kompliziert! Aber komplexe Sachverhalte einfach darzustellen, ist wirklich alles andere als einfach. Das sind nun einmal Tatsachen und diese sind der Fall.

Und das Thema Rente, mit dem man sich in einem Behandlungszentrum der Utopie und auch in allen Behandlungszentren der Realität auseinandersetzen muss, ist alles andere als einfach. Und wieder einmal hilft, zur besseren Illustration, ein Beispiel weiter. Und hier zäumt man am besten das Pferd von hinten auf, nimmt das letztgenannte Argument der 4-Felder-Tafel nach Eisenhower als erstes.

So hat nicht jeder eine Rentenantragsablehnung. Warum ist das so? Nun, nicht jeder, der einen Rentenwunsch hat, stellt einen Rentenantrag und auch nicht jeder, der nur einen Rentenwunsch hat, hat auch ein Rentenbegehren. Wer jedoch ein Rentenbegehren hat, hat in der Regel keine sehr gute Rentenversicherung. Und nur wer keine sehr gute Rentenversicherung hat und dennoch ein Rentenbegehren hat und deswegen einen Rentenantrag stellt, weiß, dass darauf ein Rentenverfahren folgt und erfährt, was das ist, wenn ihn eine Rentenantragsablehnung trifft. Und was macht er dann? Nun, er geht ins Behandlungszentrum der Utopie und fragt Doktor Doof: Warum ist das so? Und Doktor Doof hat, wie immer, auf alles eine Antwort, nämlich keine. Weil er einfach doof ist!

Noch mehr zum Thema Unsinn, Irrsinn, Schwachsinn? Nein? Einverstanden!

Denn es nützt nichts…

Morbus Einsam

Doktor Doof schimpft zu viel! Zu viel über die Welt und auch zu viel über sich. Das bekommt ihm nicht gut. Dies merkt er immer wieder. Dann versucht er, tief in sich zu gehen und das Schimpfen sein zu lassen. Er versucht es dann mit Meditation, immer wieder. Das geht nur nie lange gut, denn irgendetwas gibt es immer, worüber man schimpfen kann. Und somit geht das Spiel wieder von vorne los. Ein ewiger Kreislauf. Samsara[1]. Trotzdem ist ihm innere Einkehr wichtig, das sind die Momente der Erkenntnis. Daher hält er sich ein Stück weit für einen Erkenntnistheoretiker, obwohl er keine Ahnung hat, was das ist. Deshalb liest er mal wieder nach: Die Erkenntnistheorie (Epistemologie oder Gnoseologie) ist ein Hauptgebiet der Philosophie, das die Fragen nach den Voraussetzungen für Erkenntnis, dem Zu-Stande-Kommen von Wissen und anderer Formen von Überzeugungen umfasst. Dabei wird auch untersucht, was Gewissheit und Rechtfertigung ausmacht und welche Art von Zweifel, an welcher Art von Überzeugungen objektiv bestehen kann.

Toll! Das hätte Doktor Doof nicht besser formulieren können. Aber das weiß er, deshalb ist der Erkenntnisgewinn für ihn immer sehr groß, wenn er so etwas liest. Und weil das so ist, schreibt er es dann einfach ab. Dann muss er sich so etwas nicht ausdenken; er ist froh, dass das andere für ihn getan haben. Und er kann sich wieder seinem eigentlichen Thema widmen: Dem Schimpfen.

Schimpfen ist dem Menschen etwas Naturgegebenes, er hat es von der Natur übernommen, denn schon die Vögel schimpften wie die Rohrspatzen. Und sie tun es immer noch und Doktor Doof auch. Worüber schimpft er denn so? Dies aufzuzählen, würde sehr lange dauern, besser fragen, worüber er nicht schimpft! Viele Zeitgenossen halten Doktor Doof für Ekel Alfred[2] oder Motzki[3] oder für eine Reinkarnation derselben. Und deshalb: Schimpfen, schimpfen, schimpfen, Luft holen, schimpfen, schimpfen, schimpfen, Luft holen, schimpfen und so weiter.

Dabei hält sich Doktor Doof in Zeiten innerer Einkehr für einen gechillten Menschen. Nur: Innere Einkehr, in der Auseinandersetzung mit Welt und den 3-B darin, führt zu nichts. Und wieder nichts! Da muss man sich einfach immer wieder aufregen und natürlich schimpfen. Also ist Doktor Doof mal wieder im Bipolar-Modus: Chillen und aufregen, chillen und aufregen. Aber auch dieser stete Wechsel führt zu nichts. Diese Erkenntnis führt ihn so manches Mal zum Zweifel, zum Zweifel an sich und seiner Vorstellungswelt. Ist seine Vorstellung einer Welt der Utopie die richtige? Ist das nur seine subjektive Überzeugung oder steckt auch eine objektive Wahrheit dahinter? Wieder einmal muss er einen alten Fußballphilosophen um Hilfe bitten, wie er das Jahre zuvor schon einmal getan hat. Grundsätzlich versuche er zu erkennen, ob subjektiv geäußerte Meinungen subjektiv oder objektiv sind. Wenn sie subjektiv sind, wird er an seinen objektiven festhalten. Wenn sie objektiv sind, wird er überlegen und vielleicht die objektiven subjektiv geäußerten Meinungen der anderen mit in seine objektiven einfließen lassen[4]. Das sagte ein Fußballphilosoph! Doch selbst dafür ist Doktor Doof zu doof. Also scheint Erkenntnistheorie nicht das richtige Betätigungsfeld für ihn zu sein. Denn das führt bei ihm zur kognitiven Verzerrung[5]. Deshalb macht er es so, wie er es immer macht, denkt über die Welt und sich nach und bildet sich seine eigene Meinung, unabhängig davon, ob diese subjektiv oder objektiv ist. Und er denkt über die Welt nach, die tagtäglich im Behandlungszentrum der Utopie vor ihm sitzt. Diese Welt ist nicht nur subjektiv, nein, sie ist supersubjektiv! Und seine supersubjektive Überzeugung, die für ihn schon fast eine Gewissheit ist, ist, dass die Welt immer einsamer wird. Und dies, obwohl die

Kommunikationsdichte immer höher und die Kommunikations-
wege, dank moderner Kommunikationsmedien, immer kürzer
werden. Irgendwie scheint auch hier wieder mal ein Fehler im
System zu sein. Und Doktor Doof sieht die Subjekte, die Individuen, die aus der objektiven Kollektivwelt herausgefallen sind.
Er sieht sie vor sich sitzen, einsam, allein, kontaktlos, abgeson-
dert und abgeschnitten, einsiedlerisch in sich zurückgezogen,
mutterseelenallein, ausschließlich auf sich bezogen und auch nur
noch schwer erreichbar. Sie reden nicht mehr, weil sie keinen
mehr haben, der mit ihnen redet. Oder weil sie sprachlos geworden sind. Und sie kommen in Doktor Doofs Behandlungszentrum und damit in ein Behandlungszentrum der Utopie. Denn
Doktor Doof nimmt sich das, wovon er am wenigsten hat: Zeit!
Zeit zu reden, Zeit, zuzuhören, wenn die, die sonst niemanden
zum Reden haben, reden wollen. Das ist leider, in der objektiven
Welt, häufig ein schwieriges Unterfangen, denn Zeit ist Geld!
Zeit und Geld sind in der modernen Welt umgekehrt proportional. Somit haben alle, die es in der modernen Welt subjektiv und
objektiv zu etwas bringen wollen, nur noch Zeit für Geld, weil
sie für ihre Zeit, sowohl für die Arbeitszeit als auch für die Freizeit, viel Geld brauchen. Ohne Geld ist die Zeit wertlos geworden. Der Run after Money ist zum obersten Glaubensinhalt geworden. Für die, die ihm hinterherrennen, als auch für die, die
man bei diesem Run vergisst, die durchs Raster fallen sozusagen.
Diese bleiben, einsam und allein, auf der Strecke zurück. Und
somit ist eine neue Krankheit geboren, sie hat sich phylogene-
tisch[6] im Laufe der Zeit entwickelt: Der Morbus Einsam!

Der Morbus Einsam ist ein weltweites Phänomen. Doktor Doof
kennt keine Studien darüber, aber er vermutet, dass diese Krankheit umso häufiger auftritt, je zivilisierter eine Welt ist. Der Ent-
wicklungsweg der Zivilisation scheint für ihn immer mehr zur
Vereinsamung des Individuums zu führen, nicht nur räumlich,

nein, auch psycho-emotional. Die Me-first-Mentalität führt auf dem geraden Wege dahin. Je mehr die Welt dem Geld hinterherrennt, desto mehr vereinsamt sie. Sie verkauft ihre Seele, ihr Lachen, gewissermaßen dem Mammon, dem Lockruf des Goldes. Und bleibt dennoch auf der Strecke, zunächst die Abgehängten, die, die nicht rennen, die, die nicht mitrennen oder lange genug mitrennen können, dann die, die denken, ihr Ziel erreicht zu haben oder zu erreichen. Denn Geld macht nicht glücklich, man kann sich Glück nicht kaufen. Geld macht letzten Endes nur eines: Einsam, egal, ob man es hat oder nicht, ob man es um jeden Preis haben möchte oder ob man es verloren hat und nun den Preis der Armut bezahlen muss. Geld, und für Doktor Doof ist das eine Gewissheit, macht einsam, und zwar dann, wenn sich der Lauf sämtlicher Welten nur noch darum dreht. Und Einsamkeit ist eine Krankheit und Kranke landen, zuletzt und immer wieder, bei Doktor Doof. Und Doktor Doof weiß eigentlich gar nicht, wie er den Morbus Einsam behandeln soll. Also behandelt er ihn mit uneigentlichen Methoden. Er behandelt alle gleich, ob sie Geld haben oder nicht. Das ist das erste. Das zweite ist: Er hört ihnen erst mal zu, was sie zu sagen haben, denn wenn er nicht hört, was sie sagen, weiß er nicht, was sie meinen. Und wenn er dann weiß, was sie meinen, gibt es vielleicht auch manchmal eine Lösung für das Problem oder zumindest einen Lösungsweg. Das gelingt zwar nicht immer, aber einen Versuch ist es auf jeden Fall wert. Denn Doktor Doof hat eine Eigenschaft, auf die er selbst sehr stolz ist, egal, ob er sie, objektiv gesehen, besitzt oder nicht:

Er gibt nie auf!

Interludium[1]

Ich habe geschrieben:
Doktor Doof gibt nie auf!
Doch er steht kurz davor.
Aufgeben.
Alles aufgeben.
Denn alles,
dies alles,
bietet keine konstruktiven Lösungen.
Trial-and-Error!
Einer wird die Zeche zahlen,
denn einer hat immer die Arschkarte.
Das nennt sich Welt.
Das nennt sich Zivilisation.
Doch Doktor Doof vergisst,
dass das alles nur ein Spiel ist.
Trial-and-Error!
Spiel des Lebens.
Spiel mir das Spiel des Lebens!
Spiels noch einmal, Sam[2]…!
Nur wer mitspielt, ist auch Mitspieler.
Wer nicht mitspielt, ist raus aus dem Spiel des Lebens.
Ist raus!
Ene, mene, Muh und raus bist Du[3]…!

Egal

Doktor Doof ist akut erkrankt und er muss das Bett, frei von Gedanken, hüten. Denken und nachdenken ist ihm ärztlich strengstens untersagt worden. Er leidet an der akuten Egal-Krankheit.
Es ist ihm gerade alles egal. Alles, worüber er noch vor kurzem
nachgedacht hat und nachdenken musste, auch worüber er ein
Leben lang nachgedacht hat, ist ihm egal. Krankheit und Gesundheit: Egal! Kranke und Gesunde: Egal! Welt und Gesellschaft: Egal! Politik: Sogar scheißegal! Arbeit, Freizeit und Urlaub: Egal! Sonnenschein oder Regen: Egal! Wind und Wetter:
Sowas von egal! Freunde und Familie: Egal! Gestern, heute, morgen: Egal! Lottozahlen und Aktienkurse: Scheißegal! Erste Welt,
zweite Welt, dritte Welt: Egal! Umwelt und -verschmutzung:
Egal! Essen und Trinken: Egal!

Kacken: Nun, das ist das Einzige, was ihm nicht egal ist. Denn
das tut irgendwann weh, wenn man es nicht tut. Aber er tut es
nur, wenn er es ganz dringend muss, wenn es unumgänglich ist
und er es nicht verhindern kann. Dann tut er es, weil er es tun
muss. Aber ansonsten ist ihm das Kacken auf sich und andere im
Moment scheißegal.

Wie äußert sich denn die Egal-Krankheit? Im Grunde ist es
scheißegal, was er dazu schreibt, denn egal ist ja egal. Trotzdem
will er, auch ohne darüber nachzudenken, wissen, wie sich dieses Egal anfühlt, in welchen Symptomen es sich äußert, auch
wenn es der Welt sowas von scheißegal ist. Aber das ist ihm egal.
Egal ist, ob er jetzt genüsslich an seiner Zigarre zieht. Er könnte
es auch später tun. Oder auch gar nicht. Denn prinzipiell ist es
egal, wann er das tut oder ob er das tut. Er könnte auch gierig
oder lustvoll an seiner Zigarre ziehen, auch das wäre egal, ob
und wie er das tut. Er könnte auch in Ruhe ein Bier dabei trinken.
Muss er aber nicht. Er könnte es auch gierig in sich hineinlaufen

lassen, es sozusagen abstürzen. Auch das wäre egal. Und es wäre auch vollkommen egal, ob er es tut. Und ob er dabei Beethoven[1], Bruckner[2] oder Brahms[3] hört, ist im Grunde egal, denn er muss es unter gar keinen Umständen tun. Er könnte es tun, mit Zigarre und Bier oder nur mit Zigarre oder nur mit Bier oder ohne das alles, auch das wäre egal. Er müsste auch gar nicht Beethoven, Bruckner oder Brahms hören, er müsste tatsächlich gar keine 3-B hören, während er genüsslich, gierig oder lustvoll an seiner Zigarre zieht oder nicht, denn grundsätzlich ist das egal. Und auch, ob man Bier dazu trinkt oder nicht, denn man muss kein Bier dazu trinken, wenn man die 3-B hört. Man muss sie ja gar nicht hören, das ist doch egal, denn ob man die 3-B hört oder nicht, ist im Grunde sowas von scheißegal und das Egale an der Sache ist, dass man die 3-B gar nicht hört, denn sie sind geräuschlos. Aber das Schlimme an der Sache ist, obwohl man sie nicht hört und obwohl das egal ist, sind sie dennoch da, die 3-B. Und das ist nicht egal, dass sie da sind, die 3-B. Sie sind immer da, die 3-B, geräuschlos, geruchlos, geschmacklos. Unsichtbar, imaginär und dennoch real, spürbar real. Und sie nehmen Dich auf, wenn Du kommst, die 3-B und sie entlassen Dich, wenn Du gehst[4]. Und da das so ist und er im Grunde nichts dagegen tun kann, ist es ihm egal. Er hütet einfach weiter das Bett und wartet, bis die Egal-Symptome wieder vorüber sind.

Der gordische Knoten[1]

Doktor Doof sucht nach konstruktiven Lösungen. Denn die Egal-Krankheit ist keine chronische Krankheit. Zumindest nicht bei ihm. Wenn die Symptome vorüber sind, muss das Leben weitergehen. Also denkt er wieder, denkt er wieder nach. Er denkt wieder über konstruktive Lösungen destruktiver oder destruierender Probleme nach. Denn die Welt ist voller destruktiver Probleme. Konstruktive Lösungen für destruktive Probleme. Wieder einmal zwei diametral entgegengesetzte Entitäten, wie Gott und Teufel. Und Doktor Doof sucht! Doktor Doof sucht nach der Lösung des gordischen Knotens mittels konstruktiver Lösungswege. Doch diesen Weg zu gehen, fällt ihm nicht leicht. Denn Probleme sind in der Regel Lebensprobleme und sie sind in aller, aller Regel destruktiv. Doktor Doof, der die Literatur hierzu nicht kennt, ist kein einziger Fall eines konstruktiven Lebensproblems, das mittels destruktiver Lösungswege gelöst wurde, bekannt. Also bleibt nur der Kehrsatz, Destruktion mittels Konstruktion zu lösen. Das Problem nur ist: Welt ist gar nicht an konstruktiven Lösungsvorschlägen interessiert, da Welt die destruktiven Lebensprobleme gar nicht erkennt, gar nicht erkennt, dass Probleme im eigentlichen Sinne Lebensprobleme sind und diese, in aller Regel, destruktiv sind. Aber Probleme als solche, als Lebensprobleme, nicht zu erkennen, bedeutet auch, sie nicht lösen zu können und somit auch nicht zu lösen. Welt will zwar die Herrschaft über Asien[2], sprich über die Welt, erringen, will aber nichts tun, um dieses Ziel zu erreichen. Denn Ziele zu erreichen, bedeutet Arbeit. Und Arbeit ist, physikalisch gesehen, Kraft mal Weg. Und beide Begriffe, Kraft und Weg, bezeichnen etwas, was mit Anstrengung zu tun hat. Anstrengend, was? Ja, man erkläre einer Welt, die die Lösung des gordischen Knotens solchen Entitäten wie den 3-B überträgt, einmal, was Kraft und Weg ist! Das ist in der Tat anstrengend, kostet Unmengen an Arbeit und Energie. Und Energie ist irgendetwas, was mit der Lichtgeschwindigkeit zum Quadrat zu tun hat, etwas unvorstellbar Schnelles sozusagen. Schon einmal erlebt, dass etwas, was mit den 3-B zu tun hat, mit etwas unvorstellbar Schnellem in einen Zusammenhang zu bringen ist? Doktor Doof, und er ist ja nun auch nicht mehr der Jüngste, hat das noch nie erlebt, sorry! Und die Krankheitsentitäten[3], die tagtäglich als Singularitäten[4] vor ihm sitzen, haben das ebenfalls noch nie erlebt. Zumindest die, die, aus welchen Gründen auch immer, deren es unendlich viele gibt, mit den 3-B zu tun hatten oder zu tun haben. Die berichten ihm immer wieder, wenn sie damit zu tun haben oder hatten, dass es nicht unendlich schnell geht, sondern unendlich lange dauert. Doch auch hier ist wieder, bei genauerer Betrachtung, ein Widerspruch in sich zu finden. Denn will Subjekt etwas von Objekt 3-B, dann dauert es unendlich lange. Dreht man aber den Spieß einmal um und macht Objekt 3-B zum Subjekt und Subjekt zum Objekt, wollen also 3-B etwas von Subjekt, dann, auf einmal, muss es unendlich schnell gehen. Crazy, what? Nun, das ist die Normalität, willkommen in der Realität! Konstruktive Lösungen für destruktive Probleme, eine Kontradiktion? Man hört zwar immer wieder Nadelstreifenanzugspatenstecher vor laufenden Kameras und im Blitzlichtgewitter der Fotoapparate daherreden, man habe nach unglaublich anstrengendem, zähem Ringen und zähen Auseinandersetzungen und härtester Arbeit mit unendlich viel Kraft mal Weg konstruktive Lösungen erzielen können. Aber konstruktive Lösungsvorschläge durch Nadelstreifenanzugspatenstecher, die unendlich viel Kraft und Weg aufgewandt haben, machen, leider, in der Regel destruktive Probleme noch destruktiver und enden, letzten Endes, im Chaos. Man soll ganz einfach Nadelstreifenanzugspatenstecher nicht an die Lösung des gordischen Knotens heranlassen, denn das führt zu nichts. Sie beißen sich nur die Zähne daran aus und verdienen sich eine goldene Nase dabei. Noch mal: Wer Probleme nicht als Lebensprobleme und diese als destruktive Lebensprobleme erkennt, ist nicht in der Lage, den gordischen Knoten zu lösen. Und Nadelstreifenanzugspatenstecher können zwar Nadelstreifenanzüge tragen, den Dreck, den sie beim Spatenstich allerdings machen, den machen sie nicht selbst weg. Das tun andere für sie.

Konstruktive Lösungen. Wie findet man diese für destruktive Probleme? Und wo findet man sie? Nur in der Utopie! Deshalb muss man in ein Behandlungszentrum gehen, wo diese dargeboten wird. Dort erfährt man dann, wie destruktive Probleme konstruktiv gelöst werden: Nämlich gar nicht! Es gibt zwar viele Lösungen für Probleme, so wie Scheinlösungen, halbherzige Lösungen, vorübergehende Lösungen, Kompromisslösungen und noch viele mehr, aber keine wahrhaft konstruktiven Lösungen. Die gehören ins Reich der Utopie! Und somit ins Behandlungszentrum der Utopie zu Doktor Doof. Der dort konstruktive Lösungen der Lebensprobleme, die die Wissenschaft noch nicht einmal berührt hat, als Illusion verkauft. Zum Nulltarif!

Despair (Verzweiflung)

To treat Nonsense
with Sense
makes Nonsense
Sense
and Sense
fatal Error!

164

Doktor Doof ist verzweifelt. Bedauerlicherweise hält die Egal-Krankheit bei ihm nie lange an. Doktor Doof würde mehr egal seinem Leben als Mensch und Arzt wirklich guttun. Denn dann wäre er mehr Teil dieser Welt, die das Egal zum obersten Prinzip erhoben hat. Je höher eine Zivilisation entwickelt ist, desto höher ist ihr Egal-Anteil. Mit der Fortentwicklung der modernen Gesellschaften ist dieser Anteil allerdings exponentiell angestiegen. Er ist parallel exponentiell mit den Sachverhalten angestiegen, Nonsens zu reden, Unsinn zu verzapfen, zu debattieren, sinnentleerte Information zu verbreiten und Makulatur abzuliefern. Die Verbreitung von Irrsinn, Schwachsinn und Unsinn funktioniert nach dem Schachbrettprinzip. Die Menge an Nonsens verdoppelt sich von Feld zu Feld. Auf dem letzten Feld könnte man einen Güterzug mit so viel Nonsens packen, dass er 33-mal um die Erde passt. Leider sind wir über dieses Stadium schon lange hinaus, allein auf und um die Erde passt der Unfug schon gar nicht mehr. Aus diesem Grund müssen wir zwingend das Weltall erobern! Sämtliche Nadelstreifenanzugtragenden und spatenstechenden Sinnstifter der Gesellschaften haben dieses Ziel ausgegeben und ihre exekutiven 3-B darüber instruiert. Sie stehen alle in den Startlöchern sozusagen.

Aber Doktor Doof, obwohl er an die Magie schwarzer Löcher[1] glaubt, die sämtliche Information und somit sämtlichen Unsinn und auch das bisschen Sinn, dass es gibt, aufsaugen und niemals wieder preisgeben, bleibt lieber auf der Erde. Denn er ist ein wertkonservativer Mensch. Der Unsinn, Schwachsinn, Irrsinn hier reicht ihm vollkommen aus, er muss nicht interstellar reisen, um noch mehr davon zu finden. Und ihm ist der ganze Unfug nicht egal, weil er eigentlich gar nicht an der uneigentlichen Egal-Krankheit erkrankt ist, da diese immer nur eine kurze Krankheitsepisode bei ihm darstellt. Aber er leidet. Er leidet an der Egal-Krankheit der Welt. Er ist somit ein großer

Mitleidender. Ein großer Mitleidender, dafür aber kein großer Mitlebender. Denn leben heißt wirken und vernünftig wirken. Nach unserer Weise heißt es aber leiden und unvernünftig leiden[2].

Doktor Doof hat einfach zu viel von Dostojewski gelesen:

Leiden und Schmerz sind immer die Voraussetzung umfassender Erkenntnis und eines tiefen Herzens. Mir scheint, wahrhaft große Menschen müssen auf Erden eine große Trauer empfinden[3].

Doktor Doof, der sich wahrhaftig nicht für einen wahrhaft großen Menschen hält, empfindet das trotzdem auch so. Und deshalb ist ihm Welt, wenn sie vor ihm im Behandlungszentrum der Utopie sitzt, oder auch wenn sie sich außerhalb des Behandlungszentrums der Utopie befindet, nicht egal und er denkt über den Stumpfsinn nach, in dem sich Welt befindet, woran Welt leidet. Und zur Veranschaulichung des Folgenden fordert er die Aufmerksamkeit, Vorstellungskraft und Kreativität des Lesers aufs äußerste heraus. Denn er wird das Bewusstsein des Lesers komplett umstülpen, so, als würde sich dieser im Roman Korrektur von Thomas Bernhard befinden. Die Kardinal-Symptome des Stumpfsinns, an dem Welt leidet, sind die 3-D, die aber nicht die 3-D von Doktor Doof (Disziplin, dranbleiben, durchhalten) sind. Die Kardinalsymptome des Stumpfsinns sind die 3-D dumm, dreist und Dezibel. Wobei man unter Dezibel die Maßeinheit für den Schalldruck (Lautstärke) versteht. Die 3-D des Stumpfsinns ergänzen sich nicht nur, nein, sie potenzieren sich gegenseitig. Und fast nirgends ist das auffälliger als in der Forderung nach Diagnostik und Therapie von Schnürzelwelt an Doktor Doof, wenn diese vor ihm sitzt und dumm, dreist und mit hohem Dezibel- Schalldruck darauf beharrt. Was wird da nicht alles gefordert! Uneigentliche Diagnostik für eigentliche Diagnosestellungen, aber auch umgekehrt, eigentliche

Diagnostik für uneigentliche Diagnosestellungen. Und auch eigentliche Therapien für uneigentliche Diagnostik und uneigentliche Therapien nach eigentlicher Diagnostik. Diagnostische Schritte, ohne den Diagnostikpfad einzuhalten. Stochastische[4] Diagnosemethoden zu fordern, ohne um den Determinismus[5] und den Indeterminismus[6] zu wissen, wird in 3-D- Manier verlangt. Oder noch besser, stochastische Therapien mit indeterministischen Therapiemethoden. Doktor Doof raucht allein schon bei der Vorstellung der Kopf! Und das 3-D-Hafte, womit das verlangt wird, beruht auf der Stochastik, um die Schnürzelwelt noch nicht einmal weiß. Das Verlangen von Schnürzelwelt mit ihren 3-D- Methoden ist allerdings dem Determinismus, den sich Doktor Doof mit seinen 3-D hart erarbeitet hat, diametral entgegengesetzt. Aber Schnürzelwelt ist auf ihre Art zu sehr 3-D, um diesen einfachen Determinismus von Doktor Doof zu verstehen. Doch hier unterscheiden sich die Vorstellungswelten von Schnürzelwelt und Doktor Doofs Reich der Utopie gewaltig! Denn Schnürzelwelt hält sich alles andere als 3-D im eigenen Sinne, kann aber mit Doktor Doofs 3-D im Grunde nicht viel anfangen. Und sie braucht diese auch gar nicht, denn sie weiß ja alles schon besser, wenn sie Doktor Doof aufsucht, hat sie dafür doch schon das größte Orakel aller Zeiten, die 3-W befragt. Und die 3-W wissen einfach alles, weil da alles Wissen und Unwissen von immer und ewig zusammengetragen und zusammengestellt und zusammengefasst wurde und tagtäglich neu zusammengetragen, zusammengestellt und zusammengefasst wird. Und was wird da in 3-D-Manier, Schnürzelwelts 3-D-Manier, nicht alles gefordert, und zwar auf 3-S-Art und Weise (sofort, schnell, simultan)? Und der Hunger nach mehr ist dem Märchen vom Fischer und seiner Frau[7] entnommen. Es reichen keine Blutbilder, keine großen Blutbilder, keine ganz großen Blutbilder, nein, es muss alles sein (definiere: Blutbild im medizinischen Sinne)!

Wo bleibt bei sofort, schnell, simultan der diagnostische und therapeutische Algorithmus (definiere: Algorithmus[8]), um Probleme, sowohl eigentliche als auch uneigentliche, zu lösen? Sind doch die 3-W, aus der Schnürzelwelt seine Information bezieht, aus vielen, vielen, vielen Algorithmen aufgebaut. Schnürzelwelt, die zwar 3-D in überaus reichem Maße besitzt, fehlt es einfach an 3-E (Erfahrung, Einsicht, Erkenntnis). Macht nix, die braucht es auch nicht, das Einzige, was 3-D Schnürzelwelt noch braucht, um seine in 3-D-Manier wohldefinierten Ziele und Träume zu verwirklichen, ist deren Legitimation durch einen Legitimator[9] mittels dessen Unterschrift und somit eines Doofen wie Doktor Doof. Dabei weiß Schnürzelwelt, die durch 3-B und 3-W in den Stumpfsinn verblödet wurde und wird, der es an 3-E mangelt, nicht, dass die ärztliche Kunst eine Kunst ist, die lege artis[10] ausgeführt wird! Dieses Wissen ist Schnürzelwelt durch die oben genannten Buchstabenterzette, die ja Verstandesräuber allererster Güteklasse sind, im Verlauf der Evolution immer mehr abtrainiert worden. Und Doktor Doof leidet an diesem Stumpfsinn, der ja nicht nur ein großer Schwachsinn und Irrsinn ist, sondern auch ein großer Unsinn. Und es ist ihm nicht egal. Deshalb ist er verzweifelt!

Alles klar? Nein?
Tja, Korrektur von Thomas Bernhard zu lesen, ist relativ einfach!
Aber Doktor Doof zu folgen, wenn er nicht an der Egal-Krankheit leidet, ist es nicht!

Egal, weiter geht's im Text. Es nützt ja nichts. Welt ist nun mal, wie sie ist. Gendern wir uns weiter durch die Lehre oder Leere der uneigentlichen Krankheiten, die, eigentlich, so augenfällig sind, hat man sie einmal erkannt und es gehört eine gehörige Portion Ignoranz dazu, sie nicht zu erkennen. Oder Welt schielt gehörig und schaut sehenden Auges an ihnen vorbei. Welt gendert lieber, das ist für sie das wichtigere, das weitaus wichtigere Problem. Also tun wir Welt einen Gefallen und gendern wir uns weiter durch das Alphabet der Krankheitslehre. Und sie kommen jetzt, die Hammerkrankheiten! Die Krankheiten der Losigkeiten, der Sinnlosigkeiten. Welt in ihrer Gesamtheit ist davon befallen. Weiter geht's mit dem Buchstaben S:

S = Stumpfsinn, Schwachsinn

T = Trübsinn, Tiefsinn

U = Unsinn.

V = Verfall, Verfallsdatum

W = Wahnsinn

Und wer hilft ihm bei dieser Darstellung? Nietzsche! Nietzsche hilft Doktor Doof, darzustellen, was Welt nicht erkennt. Wer tief in die Welt gesehen hat, errät wohl, welche Weisheit darin liegt, dass die Menschen oberflächlich sind[1]. Deswegen will sie nicht nur, sie kann gar nicht sehen, was gesehen werden muss! Deshalb muss Doktor Doof alle Tricks anwenden, die er sich ausdenken kann, um zu sagen, was gesagt werden muss. Je abstrakter die Wahrheit ist, die du lehren willst, umso mehr musst du noch die Sinne zu ihr verführen[2]. Denn der Stumpfsinn der Welt, ihr Schwachsinn ist kein Unsinn, nein, ohne Tiefsinn verfällt sie in Trübsinn und endet im Wahnsinn. Wie versteht man diesen

Satz und das darin dargestellte? Ganz einfach: Man hospitiere einen Tag lang bei Doktor Doof im Behandlungszentrum der Utopie und erkenne, wie wenig Tiefsinn in der Welt ist; dafür aber umso mehr Stumpfsinn. Wer das erkennt, verfällt mit dem kürzesten Verfallsdatum in den Wahnsinn. Jeder, der dies miterlebt hat, wie der Stumpfsinn zum Schwachsinn wird, erlebt hat, wie das bisschen Tiefsinn der Welt verfällt, endet im Trübsinn und letzten Endes im Wahnsinn. Jeder, der dies miterlebt hat, packt freiwillig seine Tasche für die unausweichliche stationäre Aufnahme in die Psychiatrie. Es führt kein Weg daran vorbei. Und das ist in der Tat kein Unsinn, sondern Realität. Die Wartezeiten für die stationären Aufnahmen in die Psychiatrie sind lang, sehr lang. Wer selbst schon einmal in den Wahnsinn verfallen ist, weil ihm dieser Unsinn des Stumpf- und Schwachsinns den Tiefsinn genommen hat und er trübsinnig geworden ist, weiß, wovon Doktor Doof spricht. Und wieder einmal erkennt man, dass man nicht weiß, was man nicht weiß. Und man weiß nur, was man wissen soll, wenn man sich selbst erkennt. Dann erkennt man die Welt. ERKENNE DICH SELBST ist die ganze Wissenschaft. Erst am Ende der Erkenntnis aller Dinge wird der Mensch sich selbst erkannt haben. Denn die Dinge sind nur die Grenzen der Menschen[3].

Und Doktor Doof, der Erkenntnispraktiker unter den Erkenntnistheoretikern, der als Doktor[4] auch Lehrer ist, lehrt die Welt im Behandlungszentrum der Utopie, was sie dazu braucht, um dies zu verstehen: Humor!

Wir müssen die Dinge lustiger nehmen, als sie es verdienen, zumal wir sie lange Zeit ernster genommen haben als sie es verdienen[5].

Das sagte in der Tat einer, der verrückt geworden ist. Danach war ihm tatsächlich alles egal.

Doktor Doof denkt nach. Ständig. Er denkt zu viel nach, viel zu viel. Das ständige Nachdenken nervt. Nicht nur ihn selbst, nein, auch die anderen um ihn herum, die er, aufgrund seines dauerhaften Nachdenkens, gerne auch mal komplett vergisst. Also ist er in seiner Seinsvergessenheit häufig mit sich allein und somit bleibt ihm gar nichts anderes übrig, als weiter nachzudenken. Irgendwie scheint er das Nachdenken zu lieben, obwohl es vielmehr eine Hassliebe ist. Die Liebe zum Denken, die Liebe zum und zu Wissen, die Liebe zur Weisheit. Doktor Doof ist Philosoph! Ob er aber ein wahrer und wahrhafter Philosoph ist, weiß er allerdings nicht, es sagt ihm keiner, da ihm ja auch keiner zuhört, was er zu sagen hat. Denkt er, meint er, empfindet er. Denn die Welt scheint andere Probleme zu haben als die, über die Doktor Doof ständig nachdenkt und mit denen Welt tagtäglich Doktor Doof im Behandlungszentrum der Utopie gegenübersitzt und die Welt selbst nicht lösen kann. Doktor Doof soll sie lösen, er soll sie allerdings so lösen, dass er sie löst, ohne darüber nachzudenken und Welt mit diesem Gedachten zu konfrontieren. Denn Welt will von diesem Gedachten, ein Gedachtes, was ja der Lösung der Lebensprobleme von Welt wegen erdacht wird, nichts wissen. Doktor Doof soll einfach tun, nicht denken. Aber tun, wie tun, ohne darüber nachzudenken, was man tut? Geht das? Doktor Doof ist sich unschlüssig. Also schaut er Welt an, denkt darüber nach, wie sie es tut, was sie tut, und weiß sofort: Ja, es geht! Trotzdem landen sie irgendwann im Behandlungszentrum der Utopie, weil sie taten, was sie taten, es letzten Endes aber dennoch nicht ging, wie sie es taten, sie waren somit zur Untätigkeit verdammt und folgerichtig führt kein Weg am Behandlungszentrum der Utopie und bei Doktor Doof vorbei. Doktor Doof erkennt sofort den Ouroboros[1]! Alle Wege führen nun

mal nicht nach Rom, sondern immer wieder zum Ausgangs-
punkt, wenn man etwas tut, wie man es tut, nur weil man nicht
denkt, wie es geht, was man tut und dann erkennt, dass es eben
nicht geht, etwas zu tun, ohne darüber nachzudenken. Aber
Doktor Doof sollte sich in Gedanken nicht zu sehr mit dem Handeln ohne Seinsinhalte beschäftigen. Das führt zu nichts, naja, zu
fast nichts. Bei ihm und in ihm führt es zu Frust. Frust über die
Welt und über sich. Schon Platon[2] zeigt es sehr deutlich, weshalb
Denker sich nicht mit Welt abgeben (sollen). Wenn sie, die nachdenken, nämlich erleben, wie ein ganzes Volk auf die Straße
strömt, sich andauernden Regengüssen aussetzt und sie es trotzdem nicht überreden können, es sein zu lassen und vor dem Regen unter einem Dach Schutz zu suchen, so bleiben sie (die Denker) in ihren Häusern. Sie begnügen sich mit ihrem eigenen
Aufenthalt im Trockenen, da sie die Torheit der anderen nicht
verhindern können und nur zu gut wissen, dass sie, falls sie hin-
ausgingen, doch nichts anderes erreichen würden, als mit ihnen
zusammen vom Regen durchnässt zu werden[3].

Doch Doktor Doof hat einen entscheidenden Unterschied zu
sämtlichen Denkern vor ihm, mit ihm und nach ihm erkannt: Er
ist nicht nur Erkenntnistheoretiker, nein, er ist auch Erkenntnispraktiker. Denn Welt, die im Regen stehende Welt, sitzt jeden
Tag aufs Neue vor ihm im Behandlungszentrum, triefend nass,
immer wieder durch den gleichen Regen, vor dem sich Welt
nicht schützen will. Und Doktor Doof kann gar nicht anders, er
muss darüber nachdenken, wie man die Probleme, die ja alle Lebensprobleme sind, löst. Dieses Müssen des Nachdenkens über
Lebensprobleme ist unausweichlich in ihm verankert, genetisch
fixiert, ein Urbedürfnis wie Hunger und Durst. Er kann gar nicht
anders, er kann es einfach nicht abstellen. Also sucht er permanent nach Lösungen und das geht nun mal nicht ohne nachzudenken. Er denkt über das Warum nach, dem ein Was und ein

Wie und schließlich ein Womit folgt. Er denkt über die Mannigfaltigkeit der Probleme nach, über deren Komplexität, die immer komplexer wird, die aber doch so einfach zu lösen wären, würde man das Übel an der Wurzel packen. Und der Stamm der Wurzel ist im Grunde der riesige Balken vor der Stirn von Welt. Doktor Doof ist frustriert, so frustriert, weil er allein so machtlos ist. Doch keiner will in sein Boot der Utopie kommen. Wie viele Nadelstreifenanzugspatenstecher hat er schon angeschrieben und um Hilfe gebeten. Aber diese erhören ihn nicht, wollen nichts von ihm wissen. Sie debattieren, während sie Diät halten, lieber über ihre Nadelstreifenanzüge, für die Welt viel Geld ausgibt oder stecken Spaten in unverbrauchte Erde, bislang unverbrauchte Erde, während sie ihre Nadelstreifenanzüge tragen und während Welt jubelnd und Fähnchen schwingend ihnen dabei zuschaut. Das scheint für Welt die wahre Lösung wahrer Lebensprobleme zu sein! Aber Doktor Doofs Illusion einer Utopie zur Lösung wahrhafter Lebensprobleme? Die sieht keiner, will keiner sehen. Deshalb kommt er an die Nadelstreifenanzugspatenstecher auch gar nicht ran.

Denn: Bei Fürsten ist kein Platz für Philosophie[4]!

Und er findet einfach keine Mitstreiter im Kampf für die Utopie...

Denn ist man erst einmal unter solche Kollegen geraten, die noch den besten Mann eher verführen, als sich selbst zu bessern, wird sich Dir keine Gelegenheit mehr bieten, Dich nützlich zu machen. Durch den Umgang mit derart verdorbenen Menschen wirst Du entweder selbst verdorben, oder Du deckst, falls Du unbescholten und ohne Schuld bleibst, mit deinem Verhalten die Bosheit und Torheit anderer[5].

Und das ist das große Dilemma, in dem sich Doktor Doof befindet, eine typische Double-Bind-Situation[6], aus der es kein Entrinnen gibt. Deswegen ist seine Vision der Illusion einer Utopie im Grunde eine sehr düstere Vision. Denn die Menschheit dieser

Welt ist dabei, sich abzuschaffen. Durch immer mehr, durch immer höher, weiter, schneller. Und dieses immer mehr, höher, weiter, schneller muss, ja es muss auf der anderen Seite ein immer weniger, ein immer tiefer, immer näher, immer langsamer nach sich ziehen. Das ist unausweichlich. Warum ist das so? Nun, es gibt zwar unendlich viel Energie im Universum, aber dennoch nicht unendlich viel Energie! Wieder einmal eine klassische Kontradiktion? Nein, in diesem Falle nicht. Die Enthalpie eines Gesamtsystems ist die Summe der Enthalpie der Teilsysteme[7]! Der Urknall hat zwar unendlich viel Energie ins Universum gepfeffert, aber mehr Energie, als der Urknall ins Universum gepfeffert hat, gibt es im Universum nun mal nicht. Will man auf der einen Seite von etwas mehr, muss man es auf der anderen Seite von etwas wegnehmen. Will man auf der einen Seite zum Beispiel mehr Luxus, muss man die den Luxus generierenden Werte einem anderen wegnehmen, womit dort dann nur weniger Luxus möglich ist. Will man auf der einen Seite immer mehr materielle Werte, schrumpfen auf der Gegenseite die immateriellen Werte, denn die Gesamtenthalpie muss ja gleichbleiben. Will man auf der einen Seite immer höher hinaus, wird auf der anderen Seite der Fall immer tiefer werden. Will man zum Beispiel sein Ziel durch immer mehr Technik immer schneller erreichen, wird man sein Ziel ohne Technik dann gar nicht mehr erreichen und somit immer langsamer werden. Gibt man seinen Verstand immer mehr an die Technik ab, wird man selbst immer weniger Verstand haben. Gibt man Aufgaben an die 3-B ab, in der Hoffnung, dass sie schneller gehen, wird man feststellen, dass sie immer langsamer ablaufen. Gibt man seinen Verstand an immer mehr 3-B ab, in der Hoffnung, dass deren Verstand wachse, wird man allerdings recht bald erkennen, dass deren Unverstand immer mehr wächst und damit der Verstand des Abgebers immer mehr schrumpft und immer weniger wird.

Denn 3-B sind ohne Verstand! Immer höher, schneller, weiter. Immer höher hinaus, obwohl die eigentlichen Lebensprobleme, die ganz unten, noch nicht einmal berührt sind. Immer schneller auf die Dinge hinarbeiten, immer schneller, zum Beispiel Krankheit wegzaubern, obwohl es, aufgrund der Fülle und Informationsdichte, durch die Krankheit immer schneller generiert wird, immer mehr Zeit bräuchte, diese zu heilen und es somit langsamer gehen müsste. Immer weiter hinaus ins All, immer tiefer hinein in die Technik, obwohl wir da, wo wir uns befinden und wo wir stehen, auf der Erde nämlich, noch nicht einmal so wirklich angekommen sind. Und über diese Sachverhalte, die allesamt Tatsachen sind, nicht nachzudenken und die Augen davor zu verschließen, grenzt an Ignoranz und an Blindheit. Doktor Doof ist ganz allein mit seiner Apovisio[8]! Er sieht sich als legitimen Nachfolger des berühmten Nostradamus[9], der ebenfalls Arzt war. Er ist sozusagen der wahre Nostradamus der Jetztzeit. Deswegen halten ihn alle für verrückt, obwohl er grundsätzlich gar nichts Verrücktes tut! Er beobachtet, tagtäglich, einfach nur Welt und deren Entwicklung. Und spricht mit und hört Welt zu, die vor ihm im Behandlungszentrum der Utopie sitzt und sich jeden Tag aufs Neue konterkarikiert!

Und er sagt den Menschen:

Menschheit schafft sich ab, schafft sich selbst ab. Dieses ständige Abgeben von Sinn und Verstand ist der erste Schritt dahin. Und Menschheit hat ihn abgegeben, hat den Verstand und den Sinn abgegeben. Erst an den nächsten, dem sie außer dem Sinn und Verstand auch noch die Verantwortung überträgt, dieser überträgt wiederum weiter an den nächsten und so weiter, weiter delegiert an den Delegationsleiter, der das dann weiter delegiert und so weiter. Und durch ständiges immer weiter, höher, schneller und immer mehr haben wir ihn nun gezüchtet, unseren Homunculus[10], den, dem wir alles, endlich alles weiter delegieren können, der nun sämtlichen Sinn und Verstand besitzen soll, den wir nicht mehr besitzen, vielleicht noch nie besessen haben: Die künstliche Intelligenz! Und wir Menschen schaffen uns ab, indem wir die künstliche Intelligenz erschaffen, die uns letzten Endes abschafft. Denn wozu braucht es uns denn noch, wenn wir etwas erschaffen haben, der wir alles abgegeben haben, was wir niemals besessen haben, die nun alles erschaffen kann und erschafft, wozu es uns gar nicht mehr braucht? Flüge ins Weltall, zu anderen Sternen und Planeten? Ja, natürlich, aber ohne uns; das schafft nur die künstliche Intelligenz! Leben auf diesem Planeten? Ja, natürlich, aber ohne uns; das schafft die künstliche Intelligenz auch allein!

Ärzte?

Wieso Ärzte?

Wozu Ärzte?

Ärzte werden nicht nur nicht nur ausgebrannt sein, sie werden nicht nur nicht nur verbrannt sein, nein, sie werden auch ausgelöscht sein. Man wird sie einfach nicht mehr benötigen. Mensch wird nicht mehr zum Arzt gehen, sondern sich mit künstlicher Intelligenz auseinandersetzen, um seine Lebensprobleme zu lösen. Und künstliche Intelligenz wird die Lebensprobleme der Menschheit lösen, indem sie die Menschen auslöscht, weil sie diese einfach nicht mehr benötigt.

Und dann haben Sinn und Verstand gewonnen!

Das sagt Doktor Doof…

Coda[1]

$x, y, z;\ x^2 + y^2 = z^2\ (^2);\ x^3 + y^3 = z^?\ (^3)$

Mein Name ist Doof. Doktor Doof!
Ich bin Deutschlands (x) dümmster (y) Doktor (z)!

Noch Fragen, Kumpel?

Anhang

Doktor Doof

[1]: Gleicher Anlaut der betonten Silben aufeinanderfolgender Wörter

[2]: Ludwig Wittgenstein (1889-1951): Österreichischer Philosoph

[3]: Logischer Raum ist ein von Ludwig Wittgenstein im Tractatus logico-philosophicus eingeführter Fachbegriff für das Strukturganze sämtlicher Sachverhalte.

[4]: Was zu beweisen war

Live Evil

[1]: LP der britischen Heavy-Metal-Band Black Sabbath sowie des amerikanischen Jazz-Trompeters Miles Davis.

[2]: Richtung in der Philosophie, die fordert, dass Erkenntnisse, die den Charakter von Wissen beanspruchen, auf die Interpretation von positiven, d. h. von tatsächlichen, sinnlich wahrnehmbaren und überprüfbaren Befunden beschränkt werden.

[3]: Theaterstück von Bertolt Brecht (1898-1956) und Elisabeth Hauptmann (1897-1973) mit Musik von Kurt Weill (1900-1950)

[4]: Ein Teil von jener Kraft, die stets das Böse will und stets das Gute schafft. J. W. von Goethe (1749-1832), Faust I

[5]: Banküberfall (1985): Song aus dem Album Geld oder Leben! der österreichischen Pop-Rock-Band Erste Allgemeine Verunsicherung

Schwadroneure

[1]: Märchen von Hans Christian Andersen (1805-1875), dänischer Schriftsteller

²: Schwadronieren = unnütz daherreden. Früher lautstarker, großsprecherischer Redestil der Offiziere.

Die Mär vom Rezept auf der Karte

¹: Unverzüglich einsetzend, sich sofort auswirkend, augenblicklich

²: Beschreibt die Wechselwirkung zwischen Materie, Raum und Zeit.

³: World Wide Web, das Internet

3-B-Krankheiten

¹: In der traditionellen chinesischen Medizin werden viele historisch unterschiedliche chinesische Behandlungsformen sowie einige diagnostische Modalitäten zusammengefasst. Die TCM beruht auf Annahmen, die der taoistischen Philosophie entstammen.

Ausgebrannte Ärzte

¹: Wortneuschöpfung von Doktor Doof, im Sinne von wie eine Maschine

Das Wesen von Krankheit

¹: Unabdingbare Voraussetzung

²: Begriffe der chinesischen Philosophie, insbesondere des Taoismus. Sie stehen für polar einander entgegengesetzte und dennoch aufeinander bezogene duale Kräfte oder Prinzipien, die sich nicht bekämpfen, sondern ergänzen.

³: Lex parsimoniae oder Sparsamkeitsprinzip: Von mehreren möglichen hinreichenden Erklärungen für ein und denselben Sachverhalt ist die einfachste Theorie allen anderen vorzuziehen. Das Unnötige wird abgeschnitten. Nach Wilhelm von Ockham (1288-1347), Theologe und Philosoph

Rollende Augen

¹: Überall vorkommend
²: Wechselwirkungsprinzip, 3. Newtonsches Gesetz. Nach Isaac Newton (1643- 1727), britischer Physiker und Universalgelehrter
³: Mt 7,3-5; Lk 6,41-42
⁴: Lerntheorie, die besagt, dass einer natürlichen, meist angeborenen, sogenannten unbedingten Reaktion durch Lernen eine neue, bedingte Reaktion hinzugefügt werden kann. Nach Iwan Petrowitsch Pawlow (1849-1936), russischer Physiologe

Dummes Zeug

¹: Martin Heidegger (1889-1976), deutscher Philosoph. Kollaborateur des Nationalsozialismus mit persönlicher Seinsvergessenheit nach dessen Ende
²: Begriff aus Sein und Zeit (1927), Hauptwerk Martin Heideggers
³: Begriff aus Sein und Zeit (1927). Von Doktor Doof häufig mit Häh? Übersetzt

Nosologie I

¹: Lehre von der medizinischen Einteilung der Erkrankungen
²: Morbid Tales (1984): EP der Schweizer Thrash-Metal-Band Celtic Frost

[3]: Der kleine Prinz (1943): Erzählung von Antoine de Saint-Exupery (1900-1944), französischer Autor

[4]: Beschreibt die Wechselwirkung zwischen Materie, Raum und Zeit. Sie deutet Gravitation als geometrische Eigenschaft der gekrümmten vierdimensionalen Raumzeit

[5]: Zen: Strömung des Buddhismus, deren zentrale Praxis die Meditation ist

[6]: Britisch-amerikanische Puppen-Comedy-Serie

[7]: s. Anm.[4]

Unfug

[1]: Jemand, der auf einem bestimmten Gebiet außergewöhnliche Fähigkeiten besitzt

[2]: Rhetorische Figur, bei der eine Formulierung aus zwei gegensätzlichen, einander widersprechenden oder sich gegenseitig ausschließenden Begriffen gebildet wird

[3]: Die Quantenphysik beschreibt die Naturgesetze im atomaren und subatomaren Bereich und sagt ebenso Eigenschaften von viel größeren Systemen voraus.

Erwartung

[1]: Ernst Jandl (1925-2000), österreichischer Dichter und Schriftsteller. Berühmt durch seine experimentelle Lyrik, visuelle Poesie und Lautgedichte

Blödsinn

[1]: Humoristische Fernsehserie

[2]: Sich gefahrvoll auswirkend

[3]: Ansteckend

Logik

[1]: JP Beckmann: Wilhelm von Ockham

[2]: ebd.

[3]: ebd.

[4]: Wilhelm von Ockham, OPII: Expositiones in libros artis logicae proomium et Expositio in librum Porphyrii de praedicabilibus

[5]: ebd.

[6]: Wilhelm von Ockham, OPI: Summa logicae

[7]: JP Beckmann: Wilhelm von Ockham

[8]: ebd.

[9]: Enzymhemmung, bei welcher die Bindung des Inhibitors nicht am aktiven Zentrum, sondern am allosterischen Zentrum erfolgt. Dabei wird die Konformation des Enzyms so moduliert, dass das Substrat nur erschwert oder gar nicht an das aktive Zentrum binden kann

[10]: Der Inhibitor konkurriert dabei mit dem Substrat oder Liganden um die Bindestelle an der Zielstruktur. Durch die Bindung eines kompetitiven Antagonisten wird der Agonist verdrängt und kann auf diese Weise seine Wirkung nicht entfalten.

O Wunder

[1]: O Wunder, was soll dies bedeuten… Altes Weihnachtslied aus dem Chiemgau

[2]: In den sogenannten Rauhnächten, die zwischen Weihnachten und dem 6. Januar liegen, sollte man laut Aberglauben keine Wäsche waschen. Der Mythos besagt, dass dadurch Geister und Unglück angezogen werden.

[3]: Original: Wir Wiener Waschweiber würden wirklich weiße Wäsche waschen, wenn wir wüssten, wo wirklich weiches, warmes Waschwasser wäre. Ein Zungenbrecher

[4]: Ludwig Wittgenstein: Tractatus logico-philosophicus (1918)

[5]: Wunder gibt es immer wieder (1970): Lied von Katja Ebstein

[6]: Deutschlands Gewinn der Fußball-Weltmeisterschaft 1954 in der Schweiz

[7]: Name eines bekannten Barden, Sehers und Zauberers aus dem Artuszyklus

[8]: Mk 2,1-12; Mt 9,2-8, Lk 5,17-26; Joh 5,2-9.

[9]: Aus: Wie kommt das Salz ins Meer? Roman von Brigitte Schwaiger

[10]: Der wunderbare Mandarin (1926): Tanzpantomime des ungarischen Komponisten Bela Bartok (1881-1945)

[11]: What a wonderful World (1967): Lied von Louis Armstrong (1901-1971), amerikanischer Jazztrompeter und Sänger

Das K.A.C.K-Syndrom

[1]: Aus den Anfangsbuchstaben mehrerer Wörter gebildetes Kurzwort

[2]: Sonderform der limitierten kutanen Systemischen Sklerose, gehört damit zur Gruppe der Autoimmunerkrankungen. Das Akronym steht für die Hauptmerkmale Calcinose, Raynaud-Syndrom, gestörte Peristaltik im Ösophagus (Esophagus), Sklerodaktylie und Teleangiektasie

[3]: Die drei Symptome, an denen der Morbus Basedow zu erkennen ist: Die Schilddrüse vergrößert sich (Struma), die Augen treten scheinbar aus den Augenhöhlen (Exophthalmus) und das Herz schlägt schneller (Tachykardie).

[4]: s. Anm.[3]

[5]: Das Löfgren-Syndrom (Stadium I der Sarkoidose) ist in typischen Fällen gekennzeichnet durch die Symptomtrais bihiläre Lymphadenopathie (meist symmetrische Vergrößerung der Hilus-Lymphknoten), Polyarthritis (mit vermehrter Beteiligung

der Sprunggelenke) und Erythema nodosum (knotige Unter-
hautentzündung)

6: s. Anm.[5]

7: Ludwig Wittgenstein: Tractatus logico-philosophicus

8: Teilbereich der Artes liberales mit den Disziplinen Arithmetik,
Geometrie, Astronomie und Musik

9: Namen sind unheilvoll

10: Medikamente, die das Erbrechen verhindern

11: Schlecht klingende Folge von Lauten

12: Die vier Regeln des Straßenverkehrs: Nicht belästigen, nicht
schädigen, nicht gefährden, nicht behindern

Blasphemie

1: Verletzende, höhnende Äußerung über etwas Heiliges oder
Göttliches

2: Beredsamkeit, Wortgewandtheit

3: Dreiste Ungehörigkeit, Frechheit

4: Kulturgeschichtlich der erigierte Penis des Menschen. Symbol
für Kraft und Fruchtbarkeit

Luxuslebensprobleme

1: Albert Camus (1913-1960), französischer Schriftsteller und Philosoph

2: Franz Kafka (1883-1924), österreichisch-tschechischer Schriftsteller

3: Begriff zur Bezeichnung der metaphysischen Urkraft. Nach
Henri Bergson (1859-1941), französischer Philosoph

4: Der Struwwelpeter (1844), Kinderbuch von Heinrich Hoff-
mann (1809- 1894), deutscher Arzt und Psychiater

Nosologie II

[1]: Hamlet (1603): Drama von William Shakespeare (1564-1616), englischer Dichter und Dramatiker
[2]: ebd.
[3]: Russell Albion Meyer (1922-2004), US-amerikanischer Regisseur, Drehbuchautor und Produzent

Salutogenese

[1]: Individueller Entwicklungs- und Erhaltungsprozess von Gesundheit.
[2]: Das sechste der sieben letzten Worte Jesu am Kreuz (Joh 19,30)
[3]: Philosophisches Argument des 17. Jahrhunderts, dem zufolge Gott mit dem Kosmos nichts Geringeres als eben die beste unter allen möglichen Welten hervorbringen konnte. Grundgedanke der Theodizee von Gottfried Wilhelm Leibniz (1646-1716), deutscher Philosoph, Mathematiker und Jurist
[4]: Original: Brave New World (1932), Roman von Aldous Huxley (1894-1963), britischer Schriftsteller und Philosoph
[5]: Ein gesunder Körper durch einen gesunden Geist

Geldkrank

[1]: s. Kapitel Live Evil, Anm.[5]
[2]: Als Wundersame Brotvermehrung werden zwei Wunder Jesu bezeichnet, bei denen es am See Genezareth gelang, mit einer äußerst geringen Menge an Nahrungsmitteln mehrere tausend Menschen zu speisen und satt zu machen (Joh 6,10-14; Mt 15,32-29; Mk 8,1-10)

Symptome

¹: Dimitri Schostakowitsch (1906-1975), russischer Komponist. Er schrieb dem Regime von Josef Stalin Hymnen und blieb gleichzeitig auf Distanz zum stalinistischen System, das ihn drangsalierte und jahrelang in Todesfurcht hielt.

²: Die Motivation betreffend

³: Plural von Agens: Wirkungsaktives Mittel, wirksame Substanz oder pathogener Faktor.

⁴: Maß für die wechselseitige Beziehung zwischen zwei zufälligen Größen

Lebensprobleme

¹: WHO = World Health Organization (Weltgesundheitsorganisation)

²: Dokument, das zum Abschluss der Ersten Internationalen Konferenz zur Gesundheitsförderung von der WHO veröffentlicht wurde. Die Charta bietet ein inhaltliches und methodisches Integrationsmodell an, um unterschiedliche Strategien der Gesundheitsaufklärung, Gesundheitserziehung, Gesundheitsbildung, Gesundheitsberatung, Gesundheitsselbsthilfe sowie der Präventivmedizin anzuwenden und fortzuentwickeln.

³: differenziert ausgebildet, hoch entwickelt

⁴: Immanuel Kant (1724-1804), deutscher Philosoph

⁵: Oberhalb des Tentoriums. Dort befindet sich das Großhirn

⁶: Der kategorische Imperativ ist für Kant das grundlegende Prinzip moralischen Handelns. Er wird in der Grundlegung zur Metaphysik der Sitten vorgestellt und in der Kritik der praktischen Vernunft ausführlich entwickelt

[7]: Aus Ostpreußen stammende Zubereitung für gekochte Hack-
fleischklöße. Anspielung auf Kant, der nie aus Königsberg her-
auskam

Utopia I

[1]: Auch abwertend oder ironisch: Gastronomiebetrieb mit hoch-
wertigen, meist teuren Speisen

[2]: Die Stunde der wahren Empfindung (1975): Buch von Peter
Handke, österreichischer Schriftsteller

[3]: Utopia (1516): Als Roman verfasster philosophischer Dialog
von Thomas Morus (1478-1535), englischer Staatsmann und hu-
manistischer Autor

Nosologie III

[1]: Welttheater (Theatrum mundi): Metapher für die Eitelkeit und
Nichtigkeit der Welt, die in Renaissance und Barock häufig ge-
braucht wird.

[2]: All meinen Besitz trage ich bei mir! Ein von Cicero (106-43 v.
Chr.) dem griechischen Philosophen Bias von Priene (590-530 v.
Chr.) zugeschriebener Ausspruch.

[3]: Diogenes von Sinope (413-323 v. Chr.), griechischer Philosoph,
lebte angeblich in einer Tonne. Er erkannte ausschließlich die
Elementarbedürfnisse nach Essen, Trinken, Kleidung, Behau-
sung und Geschlechtsverkehr an.

[4]: Nach der Vier-Elemente-Lehre besteht alles Sein in bestimmten
Mischungsverhältnissen aus den vier Grundelementen Erde,
Wasser, Luft und Feuer als Prinzipien des Festen, Flüssigen, Gas-
förmigen und glühend Verzehrenden

[1]: Eine das ganze Universum erfüllende nahezu isotrope Strahlung im Mikrowellenbereich, die kurz nach dem Urknall entstanden ist. Sie hat eine herausragende Bedeutung für die physikalische Kosmologie, da sie als Beleg für die Urknalltheorie (Standardmodel) gilt.

[2]: Arnold Allan Penzias (1933-2024), deutsch-US-amerikanischer Physiker und Astronom

[3]: Robert Woodrow Wilson, US-amerikanischer Physiker

[4]: Gesamtheit der Hautschichten der Tiere und des Menschen

KAZK, KEGAZK und KEGAZK-PA

[1]: Die ICD-10 ist die 10. Version der Internationalen statistischen Klassifikation der Krankheiten und verwandter Gesundheitsprobleme (ICD für englisch International Statistical Classification of Diseases and Related Health Problems), einer medizinischen Klassifikationsliste der Weltgesundheitsorganisation (WHO). Sie enthält Codes für Krankheiten, Anzeichen und Symptome, auffällige Befunde, Beschwerden, soziale Umstände und äußere Ursachen von Verletzungen oder Krankheiten

[2]: König von Deutschland (1986), Lied von Ralph Christian Möbius alias Rio Reiser (1950-1996)

[3]: Ludwig Wittgenstein: Tractatus logico-philosophicus

[4]: ebd.

[5]: Redewendung aus dem norddeutschen Raum. Mit ihr wird der Angesprochene aufgefordert, zur Sache (also zum Wesentlichen) zu kommen.

[6]: Kevin – Allein zu Haus (1990): Filmkomödie von John Hughes

[7]: Mt 18,2-4

[8]: Spezielle ebene Kurve, eine algebraische Kurve 3. Ordnung, die mit Hilfe konstruktiver Methoden auf der Grundlage eines Kreises erzeugt wird.

[9]: Maria Gaetana Agnesi (1718-1799), italienische Mathematikerin und Philanthropin im Zeitalter der Aufklärung

[10]: In Wirklichkeit

[11]: Vielgeschäftigkeit: Bezeichnet in der Medizin die sinn- und konzeptlose Diagnostik und Behandlung mit zahlreichen Arznei- und Heilmitteln sowie anderen therapeutischen Maßnahmen.

[12]: Er ist es, von dem durch den Propheten Jesaja gesagt ist: Stimme eines Rufers in der Wüste: Bereitet den Weg des Herrn, macht gerade seine Straßen! (Mt 3,3; Joh 1,23)

[13]: Psalm 116,1-6

[14]: Sokrates (469-399 v. Chr.), griechischer Philosoph, entwickelte die philosophische Methode des strukturierten Dialogs, die er Mäeutik (Hebammenkunst) nannte.

[15]: Sehet, welch ein Mensch! So stellt nach der Darstellung des Johannesevangeliums der römische Statthalter Pontius Pilatus dem Volk den gefolterten, in purpurnes Gewand gekleideten und mit einer Dornenkrone gekrönten Gefangenen Jesus von Nazareth vor, weil er keinen Grund für dessen Verurteilung sieht.

[16]: Was für eine Gesellschaft

Nosologie IV

[1]: Contrariorium: Das Gegenteil

[2]: s. Anm.[3] in Kapitel Dummes Zeug

[3]: Beschreibung eines Dilemmas

4: Grundsätzliches Vermeiden bestimmter Situationen oder Handlungen, durch die Unannehmlichkeiten oder Bedrohungen für den Körper, die Seele oder die soziale Stellung erwartet werden

5: s. Anm.[4] in Kapitel Lebensprobleme

6: In der Stochastik (Mathematik des Zufalls) ein wichtiger Typ stetiger Wahrscheinlichkeitsverteilungen

7: Joh 19,19-22: Iesus Nazarenus Rex Iudaeorum (Jesus von Nazareth, König der Juden). Tafel, die der römische Statthalter Pontius Pilatus oben am Kreuz Christi anbringen ließ, um den Rechtsgrund seiner Verurteilung anzugeben.

8: Unsachgemäß, fehlerhaft, schlecht ausgeführte Arbeit

9: Dokumentations-Fernsehserie

10: Das Fußball-Lied (1976): Lied von Fredl Fesl (1947-2024), niederbayrischer Musiker und Kabarettist

11: Zitat aus Obelix GmbH & Co KG – Asterix, Band 25

Kranke Verrückte

1: Ludwig Wittgenstein: Über Gewissheit (1951)

2: Nach Immanuel Kant das grundlegende Prinzip moralischen Handelns

3: Major Tom (völlig losgelöst) (1982): Lied von Peter Schilling

4: Zimmermanns künstlerische Auffassung der drei Elemente Vergangenheit-Gegenwart-Zukunft

5: Von Optimismus und Aktivität geprägter amerikanischer Lebensstil

6: Der durchschnittliche, keine großen Ansprüche stellende Mensch, Bürger

7: Musikrichtung, die Anfang der 1940er Jahre im Jazz den Swing als Hauptstilrichtung ablöste und somit den Ursprung des Modern Jazz bildete

[8]: Mitglieder der Beat-Generation

[9]: Saxofon

[10]: In Memoriam Ernst Jandl: Jandl-Gedicht von Doktor Doof

HFVV

[1]: Zitat von Victor Hugo (1802-1885), französischer Schriftsteller und Politiker

[2]: Vers von Friedrich Schiller (1759-1805), deutscher Dichter und Philosoph

[3]: Original: Als ich jung war, glaubte ich, Geld sei das wichtigste im Leben. Heute, im Alter, weiß ich, dass es stimmt. Nach Oscar Wilde (1854-1900), irischer Schriftsteller

[5]: Deutscher Titel: Die Killer vom FBI (2002). Thriller von Predrag Antonijević

[4]: s. Kapitel Nosologie IV, Anm.[10]

[6]: Original: Was ich weiß, das glaube ich! Ludwig Wittgenstein: Über Gewissheit

[7]: Zitat aus: System der deduktiven und induktiven Logik (1872) von J.S. Mill. s. Anm.[9]

[8]: Platon (427-237 v. Chr.), griechischer Philosoph, teilt die Welt in das Reich der Wahrnehmung und das Reich der Ideen. Im Zentrum seiner Ideenlehre steht das Gute, das er als Ursprung und Ziel allen Seins sowie als die Idee aller Ideen verstand

[9]. John Stuart Mill (1806-1873), britischer Philosoph, Politiker und Ökonom

[10]: Zitat aus: System der deduktiven und induktiven Logik von J.S. Mill.

[11]: In der Notfall- und Katastrophenmedizin angewandtes Verfahren zur schnellen und orientierenden Einteilung der Betroffenen in unterschiedlich priorisierte Kategorien.

Schimpfen

[1]: Max Stirner: Der Einzige und sein Eigentum (1844)

[2]: Ludwig Wittgenstein: Über Gewissheit

[3]: s. Anm.[1]

[4]: ebd.

[5]: ebd.

[6]: ebd.

[7]: ebd.

[8]: ebd.

[9]: ebd.

[10]: Politische Einstellung, die US-amerikanischen Nationalismus und Anti- Interventionismus betont

[11]: s. Anm.[1]

[12]: ebd.

[13]: ebd.

[14]: ebd.

[15]: Person, die geistigen Diebstahl begeht oder begangen hat

[16]: Max Stirner (1806-1856), eigentlich Johann Caspar Schmidt, deutscher Philosoph

[17]: Hans im Glück (1819), Märchen der Gebrüder Grimm

[18]: Der seltsame Fall des Dr. Jekyll and Mister Hyde (1886): Novelle von Robert Louis Stevenson (1850-1894), schottischer Schriftsteller

[19]: s. Anm.[1]

Nosologie V

[1]: Und täglich grüßt das Murmeltier (1993): Amerikanische Filmkomödie des Regisseurs Harold Ramis

[2]: Abwertend gemeinte Wortneuschöpfung von Doktor Doof

Confession

[1]: Unterwelt der griechischen Mythologie
[2]: Ludwig Wittgenstein: Über Gewissheit
[3]: Apostolisches Glaubensbekenntnis
[4]: Knackpunkt
[5]: s. Anm.[2]
[6]: Wohlklang, Wohllaut
[7]: Immanuel Kant: Kritik der praktischen Vernunft (kategorischer Imperativ)

Wahrheit

[1]: Joh 18,38: Die Erwiderung des Pontius Pilatus auf die Bemerkung Jesu, in die Welt gekommen zu sein, um Zeugnis für die Wahrheit abzulegen. Die Frage geht der Verurteilung Jesu zum Kreuzestod unmittelbar voraus und bleibt unbeantwortet
[2]: Ludwig Wittgenstein: Über Gewissheit
[3]: Nicht schaden
[4]: Das Wohl des Patienten ist höchstes Gesetz
[5]: Der Arzt behandelt, die Natur heilt

Symbolkrankheit

[1]: Gott behandelt, die Natur heilt
[2]: Ludwig Wittgenstein: Tractatus logico-philosophicus
[3]: ebd.
[4]: Der Traum als unmittelbar deutlich werdende Darstellung der inneren Wirklichkeit des Träumenden: Nach Carl Gustav Jung (1875-1961), Schweizer Psychiater und Begründer der analytischen Psychologie

[5]: Aus: Requiem für eine Rhythmus (2007): Gedichtband von Christian Alois Kolbenschlag

[6]: Die Lösung: Gedicht aus dem Band Buckower Elegien (1964) von Bertold Brecht und somit erst nach dessen Tod veröffentlicht

[7]: Immanuel Kants Interpretation des lateinischen Sprichwortes Sapere aude (Wage es, weise zu sein)

Perfektionismus

[1]: Satz von Konrad Adenauer (1876-1967), deutscher Bundeskanzler

[2]: Thomas Bernhard (1931-1989), österreichischer Schriftsteller

Egokrank

[1]: s. Kapitel Live Evil, Anm.[5]

[2]: Zitat von Ludwig Wittgenstein

[3]: Erster unter Gleichen

[4]: Steht für den politischen Schwerpunkt der US-Politik unter Donald Trump

[5]: Österr. Süßspeise. Ausdruck der Geringschätzung im Sinne von Unsinn.

Größenwahn

[1]: Friedrich Nietzsche (1844-1900), deutscher Altphilologe und Philosoph

[2]: Aus Ecce Homo (1888): Autobiographische Prosa von Friedrich Nietzsche

[3]: Bescheidenheit ist ein Zeichen von Weisheit

⁴: Lernen am Modell ist eine kognivistische Lerntheorien, die von Albert Bandura (1925-2021) entwickelt wurde. Es werden darunter Lernvorgänge verstanden, die auf der Beobachtung des Verhaltens von menschlichen Vorbildern beruhen.

⁵: Abschätzig gemeinte Wortneuschöpfung von Doktor Doof gegenüber wichtigen Personen aus Staat und Gesellschaft

⁶: Für seine Weisheit berühmter biblischer König und im 10. Jahrhundert v. Chr. Herrscher des vereinigten Königreichs Israel

Enzymkinetik

¹: Bezeichnung eines fiktiven Landes, das von Absurditäten erfüllt ist

²: Die Michaelis-Menten-Theorie beschreibt die Enzymkinetik im Rahmen des Fließgleichgewichts von Enzym, Substrat und Produkt.

³: Die Welt will betrogen werden, also betrügen wir sie

⁴: Zitat aus Obelix GmbH & Co KG – Asterix, Band 25

⁵: Weltgewandt, kultiviert; geistreich, intellektuell

⁶: Personen aus der griechischen Antike, die über besondere Kenntnisse auf theoretischem oder praktischem Gebiet verfügten

⁷: Durchschnittlicher, keine großen Ansprüche stellender Mensch, Bürger

Credo

¹: s. Kapitel Confession, Anm.³

²: Besonders schwere Herausforderung

³: s. Anm.²

[1]: Francis Bacon (1561-1626), englischer Philosoph, Jurist und Staatsmann

[2]: Algebraische Struktur, die in vielen Teilgebieten der Mathematik verwendet wird

[3]: Ein Tensor ist eine multilineare Abbildung, die eine bestimmte Anzahl von Vektoren auf einen Vektor abbildet und eine universelle Eigenschaft erfüllt.

[4]: s. Kapitel Die Mär vom Rezept auf der Karte, Anm.[3]

[5]: Ludwig Wittgenstein: Tractatus logico-philosophicus

Nosologie VI

[1]: Nicht klar umgrenztes Teilgebiet der nichtlinearen Dynamik bzw. der dynamischen Systeme innerhalb der mathematischen Physik oder angewandten Mathematik

[2]: entspricht Anm.[1]

[3]: Nach der biologischen Systematik eine Art der Gattung Homo aus der Familie der Menschenaffen, die zur Ordnung der Primaten und damit zu den höheren Säugetieren gehört.

[4]: Ausgestorbene Art der Menschenaffen-Gattung Homo, aus der sich der Homo sapiens entwickelte.

[5]: Verdienstausfälle ausgleichende Entschädigung für politische Abgeordnete, die ihnen durch die Ausübung ihres Mandats entstehen.

Morbus Rente

[1]: Symbol für Anfang und Ende, damit für das Umfassende, für Gott und insbesondere für Christus als den Ersten und Letzten.

[2]: Das sogenannte Eisenhower-Prinzip ist eine in der Ratgeber- und Consultingliteratur oft referenzierte Möglichkeit, anstehende Aufgaben in Kategorien einzuteilen. Dadurch sollen die wichtigsten Aufgaben zuerst erledigt und unwichtige Dinge aussortiert werden.

[3]: Systematische fehlerhafte Neigung beim Wahrnehmen, Erinnern, Denken und Urteilen

Morbus Einsam

[1]: Bezeichnung für den immerwährenden Zyklus des Seins, den Kreislauf von Werden und Vergehen oder den Kreislauf der Wiedergeburten in den indischen Religionen Buddhismus, Jainismus und Teilströmungen des Hinduismus und Manichäismus

[2]: Protagonist der Fernsehserie Ein Herz und eine Seele (1973) von Wolfgang Menge

[3]: Motzki (1993): Fernsehserie von Wolfgang Menge

[4]: Zitat von Erich Ribbeck, ehemaliger Fußballbundestrainer

[5]: Systematischer Denk- und Wahrnehmungsfehler

[6]: Phylogenese: Stammesgeschichtliche Entwicklung aller Lebewesen und ihrer Verwandtschaftsgruppen

Interludium

[1]: Musikalisches Zwischenspiel

[2]: Geflügeltes Wort in Anspielung an eine Szene im Film Casablanca (1942) von Michael Curtiz

[3]: Ene, mene, muh und raus bist du! Abzählreim

Ene, mene, muh und raus bist du! Mobbing und Ausgrenzung im schulischen Kontext unter dem Aspekt sozialer Kompetenz (2012): Buch von Andrea Offner-Kollner

Egal

[1]: Ludwig van Beethoven (1770-1827), deutscher Komponist

[2]: Anton Bruckner (1824-1896), österreichischer Komponist

[3]: Johannes Brahms (1833-1897), deutscher Komponist

[4]: Original: Das Gericht will nichts von Dir; es nimmt Dich auf, wenn Du kommst, und es entlässt Dich, wenn Du gehst. Aus: Der Prozess (1915), Roman von Franz Kafka

Der Gordische Knoten

[1]: Ursprünglich kunstvoll verknotete Seile, die einer griechischen Sage nach am Streitwagen des phrygischen Königs Gordios befestigt waren. Heute bedeutet die Redewendung die Überwindung eines schwierigen Problems mit energischen beziehungsweise unkonventionellen Mitteln

[2]: Der Sage nach prophezeite ein Orakel, dass derjenige die Herrschaft über Asien erringen werde, der den Gordischen Knoten lösen könne

[3]: Entität: Dasein im Unterschied zum Wesen eines Dinges

[4]: Das Singulär sein. In der Astronomie ein Ort mit unendlicher Krümmung der Raumzeit

Despair

[1]: Ein Schwarzes Loch ist ein Objekt, bei dem die Gravitation die Raumzeit so stark krümmt, dass Materie, Licht und damit auch jegliche Information auf einen bestimmten Bereich der Raumzeit beschränkt bleibt und diesen nicht mehr unmittelbar verlassen kann

[2]: Aus: Die Reise nach Syrakus (1803). Buch von Johann Gottfried Seume (1763-1810), deutscher Dichter und Schriftsteller

[3]: Aus: Schuld und Sühne (1866), Roman von Fjodor Michailowitsch Dostojewski (1821-1881), russischer Schriftsteller

[4]: Stochastik: Mathematik des Zufalls. Stochastisch bezeichnet ein Ereignis als zufällig, wenn sein Eintreten prinzipiell nicht vorhersehbar ist.

[5]: Der Determinismus ist die Auffassung, dass alle (insbesondere auch zukünftige) Ereignisse durch Vorbedingungen eindeutig festgelegt sind.

[6]: Der Indeterminismus vertritt, dass es bestimmte Ereignisse gibt, die nicht eindeutig durch Vorbedingungen determiniert, sondern indeterminiert (= unbestimmt) sind.

[7]: Plattdeutsches Märchen von Philipp Otto Runge (1777-1810)

[8]: Eindeutige Handlungsvorschrift zur Lösung eines Problems oder einer Klasse von Problemen. Algorithmen bestehen aus endlich vielen, wohldefinierten Einzelschritten.

[9]: Jemand, der rechtfertigt.

[10]: Nach den Regeln der (ärztlichen) Kunst

Nosologie VII

[1]: Friedrich Nietzsche: Jenseits von Gut und Böse – Vorspiel einer Philosophie der Zukunft (1886)

[2]: ebd.

[3]: Friedrich Nietzsche: Morgenröte. Gedanken über moralische Vorurteile (1881)

[4]: Docere = lehren

[5]: s. Anm.[3]

[1]: Schlange der Ewigkeit, die sich in den eigenen Schwanz beißt und so mit ihrem Körper einen geschlossenen Kreis bildet

[2]: s. Kapitel HVFF Anm.[8]

[3]: Thomas Morus: Utopia

[4]: ebd.

[5]: ebd.

[6]: Die Doppelbindungstheorie beschreibt die lähmende, weil doppelte Bindung eines Menschen an paradoxe Botschaften oder Signale und deren Auswirkungen. Die Signale können den Inhalt der gesprochenen Worte betreffen oder Tonfall, Gesten und Handlungen sein.

[7]: Die Enthalpie ist eine abstrakte Kenngröße für die Beschreibung eines thermodynamischen Systems. Als extensive Zustandsgröße von Materie beschreibt sie, wie viel Energie sich darin befindet. Sie ist damit die Summe der Enthalpien aller Teilsysteme.

[8]: Apovisio: Abkürzung für Apokalyptische Vision -

Als ich
neulich
durch eine verlassene
Gasse zog, sah
ich unter einer
Straßenlaterne eine noch ungerauchte,
plattgetretene
Zigarette liegen.
Ein paar Meter
weiter,
auf der Mitte der Straße,
lag

eine zertretene,

leere

Zigarettenschachtel im Mondlicht.

In einer dunklen Ecke am Ende des Weges

lag

ein Mensch.

- Apoviso (1991): Gedicht aus Requiem für einen Rhythmus
(2007) von Christian Alois Kolbenschlag

[9]: Nostradamus (1503-1566) französischer Apotheker, der als
Arzt und Astrologe tätig war. Schon zu seinen Lebzeiten mach-
ten ihn seine prophetischen Gedichte berühmt

[10]: Menschlein: Bezeichnung einen künstlich geschaffenen (kleinen) Menschen. Die Idee des Homunculus wurde im Spätmittel-
alter im Kontext alchemistischer Theorien entwickelt

Coda

[1]: Schlussteil eines musikalischen Stückes

[2]: $a^2 + b^2 = c^2$: Satz des Pythagoras (570-510 v. Chr.), griechischer
Philosoph und Mathematiker

[3]: $a^3 + b^3 = c^3$: ($a^n + b^n = c^n$)?

Der Große Fermatsche Satz besagt, dass die n-te Potenz einer positiven ganzen Zahl nicht in die Summe zweier ebensolcher Po-
tenzen zerlegt werden kann, wenn n größer als 2 ist. Nach Pierre
de Fermat (1607-1655), französischer Mathematiker und Jurist.
Der Satz des Fermat wurde erst 1994 durch Andrew Wiles und
Richard Taylor bewiesen.